ΠΡΟΣΚΛΉΣΕΙΣ ΘΑΝΆΤΟΥ ΣΕ ΧΡΥΣΌ

RACHEL BROSS

Μεταφράστηκε από
NIKOLETTA SAMOILI

ΕΙΣΑΓΩΓΉ

Μικρή πόλη των ΗΠΑ, 2013:
Λύκειο Πόντουνκ:

Στην αίθουσα φαγητού, ένα κορίτσι κάθεται σκυμμένο πάνω από ένα βιβλίο, μόνο του, σε ένα τραπέζι. Τα ατημέλητα κόκκινα μαλλιά της πέφτουν στις δύο πλευρές του προσώπου της, εμποδίζοντας τη θέα σε οτιδήποτε άλλο εκτός από το βιβλίο της.

Ένα χέρι περνάει μέσα από τις σελίδες, χτυπώντας το βιβλίο στο τραπέζι.

Η κοπέλα κλειδώνει τις κατάξανθες μπούκλες ράστα που πέφτουν πάνω στο τραπέζι. "Νέιθαν, άσε με ήσυχη". Τον κοιτάζει επίμονα, προσπαθώντας με κάθε τρόπο να τραβήξει το βιβλίο από τα χέρια του.

Ο Νέιθαν γελάει, κοιτάζοντάς την από πάνω, καθώς το μικρό διακοσμητικό καπέλο της πέφτει από το κεφάλι της. Απομακρύνεται, αφήνοντας το βιβλίο της, και σπρώχνει το καπέλο της πιο μακριά στο τραπέζι.

Μια μάζα από κοντές μαύρες μπούκλες εμποδίζει τη θέα του κοριτσιού, καθώς ένα αγόρι με σκούρο ροδοκόκκινο δέρμα, καστανά μάτια και δυνατό σαγόνι με μια λιγότερο από μέτρια γενειάδα ακουμπάει στο τραπέζι στα δεξιά της. Εκείνη ξεφυσάει.

Χαμογελώντας, το αγόρι γελάει. "Ουπς, συγγνώμη, Γουόνκα, εννοώ Γουάντα". Προσφέρει το καλύτερο και πιο γοητευτικό του χαμόγελο με τα λευκά δόντια.

Η Γουάντα γουρλώνει τα μάτια της, πιάνοντας το καπέλο της.

Ένα νέο χέρι το χτυπάει στο τραπέζι προς τον Νέιθαν. "Ω, συγγνώμη! Ήθελα να το αρπάξω". Μια εύσωμη κοκκινομάλλα κάθεται στα αριστερά της, καλύπτοντας τα κατακόκκινα χείλη της με τις άκρες των δαχτύλων της.

Η Γουάντα γουρλώνει ξανά τα μάτια της, προσκολλημένη στο βιβλίο της, και το τραβάει πιο κοντά της. "Σας παρακαλώ, αφήστε με ήσυχη". Τα λόγια της βγαίνουν λίγο πάνω από έναν ψίθυρο, καθώς βάζει το βιβλίο στην αγκαλιά της και απλώνει το χέρι της προς το πάτωμα για να πιάσει το καπέλο της, τόσο κοντά αλλά και τόσο μακριά.

Ένα επώνυμο αθλητικό παπούτσι σπρώχνει το καπέλο στο χώρο ανάμεσα στα τραπέζια. "Έλα τώρα, Γουάντα, δε μας συμπαθείς;" Μια ελαφριά αλλά αντρική φωνή μεταφέρει τα υπόλοιπα και γελάει. "Είμαστε φίλοι σου". Μακριά μαύρα μαλλιά πέφτουν πάνω από το τραπέζι, οδηγώντας σε ένα άλλο δυνατό, τετράγωνο σαγόνι, γοητευτικό χαμόγελο και στενόμακρα καστανά μάτια.

Η Γουάντα σφίγγει το βιβλίο της στα γόνατά της, κοιτάζοντας το τραπέζι και δεν μιλάει.

Πριν προλάβει να προσπαθήσει να απομακρυνθεί ή να σηκωθεί, η υπόλοιπη αγέλη κατεβαίνει. Έξι ακόμη μαθητές κάθονται γύρω από το τραπέζι. Πέντε αγόρια και πέντε κορίτσια την περιτριγυρίζουν τώρα.

Ένα χαριτωμένο, ζωηρό κορίτσι τραβάει το γιλέκο της Γουάντα. "Γιατί έχεις τόσα πολλά κουμπιά;

Μοιάζεις με ψυγείο!" Χαχανίζει, ζουπώντας το πρόσωπό της προς τα πάνω, και οι κοντές κατάξανθες μπούκλες της κουνιούνται γύρω από τα μάγουλά της καθώς κοιτάζει γύρω στο τραπέζι.

Η κοπέλα τραβάει ένα κόκκινο κουμπί με χωρισμένα χείλη πάνω του.

Η Γουάντα απομακρύνει το χέρι της. "Είναι κουμπιά ταινιών από τα αγαπημένα μου". Τρίβει τα δάχτυλά της πάνω στο γυαλιστερό μέταλλο.

Ο Νέιθαν της δείχνει το πηγούνι του. "Ναι, γιατί είναι ένα ζευγάρι χείλη γκόμενας; Σου αρέσουν τα κορίτσια ή κάτι τέτοιο;" Χασκογελάει, γλείφοντας τα χείλη του, και της δίνει ένα φιλί.

Το ζωηρό κορίτσι τον χτυπάει. "Ίου, Νέιθαν. Φυσικά και δεν είναι". Στρέφει τα μάτια της στη Γουάντα. "Εσύ είσαι;" Κρατάει το βλέμμα της, ανασηκώνοντας ένα φρύδι.

Η Γουάντα μιλάει λίγο πιο σιγανά από έναν ψίθυρο. "Όχι." Γυρνάει το βλέμμα της γύρω από το τραπέζι, καθώς όλοι τρώνε το φαγητό τους.

Ο Νέιθαν καγχάζει. "Γιατί ενδιαφέρεσαι τόσο πολύ, Μπαμπλς;" Της χαμογελάει, κόβοντας τα μάτια του πάνω της. "Ενδιαφέρεσαι γι' αυτούς;" Γλείφει τα χείλη του, κοιτάζοντάς την.

Μια μικροκαμωμένη Ασιάτισσα με ένα στρωτό μπούστο που καμπυλώνεται γύρω από ένα μειδίαμα του πετάει ένα κομμάτι μαρούλι από τη σαλάτα του μεσημεριανού της. "Σκάσε, Νέιθαν! Είμαι σίγουρη ότι παίρνει αρκετά μουνιά από τον Μπλέικ". Κόβει τα μάτια της στο αγόρι με τα μακριά μαύρα μαλλιά. "Είναι τόσο όμορφος που θα μπορούσε κάλλιστα να είναι κορίτσι". Κρατάει ένα βλέμμα, χαμογελώντας, και σκύβει προς τον Χιου.

Ο Μπλέικ πετάει τα μαλλιά του από τον ώμο του, σταυρώνει τα χέρια του και την κοιτάζει επίμονα.

Η Ασιάτισσα αναπνέει, κουνώντας το κεφάλι της. "Αποδεικνύει την άποψή μου."

Ο Μπλέικ γουρλώνει τα μάτια του. "Μπρέντα, μωρό μου, σε παρακαλώ εξήγησέ της πόσο ικανοποιημένος είσαι με τη σχέση μας". Απλώνει το χέρι του προς τη Μίκου.

Η Μπρέντα χαχανίζει. "Η Ασιάτισσά μου υπερέχει όλων των Ασιατών και μου δίνει αυτό το πλοκάμι όλη τη νύχτα". Σκύβει προς το μέρος του, φυτεύοντας ένα τεράστιο φιλί σε όλο το τραπέζι.

Όλοι γκρινιάζουν, γέρνουν ή απομακρύνονται.

Η Γουάντα απομακρύνεται, σφίγγοντας τα δάχτυλά της στο μαύρο φούτερ της. "Γιατί ήρθατε όλοι εδώ; Δεν είμαστε φίλοι". Συρρικνώνεται στον εαυτό της, παίρνοντας επίπονα μέτρα για να μην παρακολουθήσει την αλληλεπίδραση που λαμβάνει χώρα τόσο κοντά της.

Τα παιδιά χασκογελούν, χτυπώντας και σπρώχνοντας ο ένας τον άλλον.

Ένα μεγάλο και γεροδεμένο ξανθό αγόρι σπρώχνει τον Μπλέικ πάνω στο σκούρο αγόρι με το ροδόξυλο στα δεξιά της Γουάντα, κάνοντάς την να πέσει πάνω στον κοκκινομάλλη στα αριστερά της.

Η Γουάντα απομακρύνει τα μαλλιά της από το πρόσωπό της, αποκαλύπτοντας μια κηλίδα κόκκινου, ροζ και μοβ αποχρωματισμού γύρω από το δεξί της μάτι και στο μάγουλό της. Χωρίς να το σκεφτεί, βάζει τα μαλλιά πίσω από το αυτί της, αφήνοντας το πρόσωπό της ακάλυπτο, καθώς σκανάρει το καφέ για ελεύθερα τραπέζια μακριά τους.

Ένας μαυρισμένος τύπος με κοντές μαύρες μπούκλες που κάθεται ακριβώς απέναντι από τη Γουάντα, δίπλα στον Νάθαν, αφήνει το πιρούνι του, γρυλίζει και κοιτάζει στην άλλη άκρη της αίθουσας προς τα αριστερά του. "Αχ, ευχαριστώ, Τζεμπ, τώρα έχασα την όρεξή μου επειδή το φρικιό αποκάλυψε το πρόσωπό της". Δείχνει προς τη Γουάντα.

Η Γουάντα επιστρέφει το βλέμμα της στο τραπέζι,

αφήνοντας τα μαλλιά της να πέσουν ξανά στο πρόσωπό της.

Ένα κορίτσι με δέρμα σκλήθρου που κάθεται απέναντι από το τραπέζι τον χτυπάει. "Σκάσε, Τάιλερ! Γαμώτο! Δεν μπορεί να κάνει αλλιώς". Ρίχνει μια ματιά στη Γουάντα, προσφέροντας ένα αδύναμο χαμόγελο.

Η Γουάντα απλώς κοιτάζει το τραπέζι, κάνοντας τα μαλλιά της να καλύπτουν περισσότερο το πρόσωπό της.

Ο Τάιλερ σπρώχνει το δίσκο του προς τα εμπρός, σταυρώνει τα χέρια του και κοιτάζει επίμονα τη μαύρη κοπέλα. "Ωραία, Ντορίν, αν είσαι τόσο άνετη με αυτό, τότε γιατί έκανες αυτή τη γκριμάτσα όταν το κοίταξες μόλις τώρα; Χμ;" Χαμογελάει. "Συμφωνώ με τον Γουόνκα. Γιατί βρισκόμαστε εδώ, αφού δεν μας αρέσει καν". Τρέχοντας τη γλώσσα του κατά μήκος του εσωτερικού του κάτω χείλους του, κοιτάζει γύρω από το τραπέζι.

Το μελαχρινό αγόρι γελάει, σκουντάει τον ώμο της Γουάντα, κάνοντάς την να απομακρυνθεί, και κόβει τα μάτια του στον Τάιλερ. "Έλα τώρα, φίλε, δεν είναι και τόσο άσχημη". Γυρίζει προς το μέρος της, βγάζοντας το πηγούνι του προς τα έξω, και χαμογελάει. "Έτσι δεν είναι, Γουόνκα;" Γελώντας, βάζει ένα χέρι γύρω από την Ασιάτισσα, κόβοντας τα μάτια του στο γλυκό και αθώο χαμόγελό της.

Η Ασιάτισσα βγάζει ένα ελαφρύ χαχανητό, ρίχνοντας τα μάτια της στη Γουάντα. "Ξέρεις, Χιου, μάλλον μου αρέσει η παραμόρφωσή της". Χαμογελάει. "Της δίνει μια άγρια ιαπωνική όψη". Το χαχάνισμά της επιστρέφει. "Θα έπρεπε να την κάνουν κόμικς". Απλώνει το χέρι του, μετακινώντας το με κάθε λέξη. "Κοκκινοπρόσωπος Σογκούν της Κόλασης". Εκείνη χαμογελάει ξανά, βάζοντας το χέρι της στα γόνατά της. "Μπορώ να φανταστώ το πρόσωπό της κολλημένο παντού ως αφίσα για έναν δολοφόνο τεράτων". Το μειδίαμά της δεν κουνιέται ποτέ καθώς συναντά το βλέμμα της Γουάντα.

Ο Χιου σηκώνει ένα δάχτυλο από τον ώμο της Ασιάτισσας. "Αχ, Μίκου, αυτό ακούγεται γαμάτο". Μετακινείται στη θέση του, προσαρμόζοντας το χέρι του στον ώμο της.

Η Μίκου του χαμογελάει.

Ο Τζεμπ βάζει στο στόμα του μια τεράστια πιρουνιά μακαρόνια, αφήνοντας τη σάλτσα να κοκκινίσει το γκρίζο γένι του, και μιλάει με το στόμα του γεμάτο. "Θα έρθετε στο παιχνίδι απόψε; Είναι το τελευταίο μου για φέτος". Μασουλάει, χασμουριέται και κοιτάζει μπρος-πίσω ανάμεσα σε όλους και το φαγητό του, καθώς φέρνει άλλη μια τεράστια πιρουνιά στο στόμα του.

Μια βρώμικη ξανθιά κοπέλα με άψογο μακιγιάζ που κάθεται δίπλα του σφίγγει λίγο τα χείλη της καθώς πιάνει μια χαρτοπετσέτα. "Τζεμπ, σκούπισε το μούσι σου". Πετάει τα τέλεια πειραγμένα μαλλιά της πάνω από τον ώμο της, βουρτσίζοντας τις γαλλικές άκρες πάνω από το αψεγάδιαστο μπλουζάκι της στολής των μαζορετών. "Καλύτερα να είστε όλοι εκεί για να με βοηθήσετε να εμψυχώσω τον μικρό μου Τζέμπι". Κόβει τα μάτια της σε όλο το τραπέζι. "Θα χρειαστεί όλο το κουράγιο που μπορούμε να του δώσουμε, αν πρόκειται να πάρει την υποτροφία και να γίνει επαγγελματίας". Χαμογελάει, γλιστράει το χέρι της πάνω στον μηρό του και μετά ζαρώνει το πρόσωπό της όταν εκείνος γυρίζει προς το μέρος της.

Για πρώτη φορά από τότε που κάθισαν όλοι μαζί, κανείς δεν μιλάει για αρκετά δευτερόλεπτα και μετά ο Νέιθαν κουνάει το κεφάλι του. "Μπα, φίλε, έχω να πιάσω μερικά ψάρια, αν καταλαβαίνεις τι εννοώ". Γελάει, ρίχνει μια ματιά στην κοκκινομάλλα και κλείνει το μάτι.

Η κοκκινομάλλα γρυλίζει, γουρλώνει τα μάτια της και σταυρώνει τα χέρια της καθώς κοιτάζει στην άλλη άκρη του τραπεζιού. "Στα όνειρά σου, Νέιθαν". Γκρινιάζει ξανά.

Ο Νέιθαν γελάει. "Ω, γλυκιά μου Πωλίνα, ναι! Δίνεις το καλύτερο τσιμπούκι στα όνειρά μου". Γελάει ξανά και δίνει ένα high-five στον Τζεμπ απέναντι από το τραπέζι.

Το τραπέζι ξεσπά σε γέλια.

Όλοι, δηλαδή, εκτός από τη Γουάντα, η οποία συρρικνώνεται όλο και πιο πολύ, μέχρι που καταφέρνει να γλιστρήσει τα πόδια της από το κάθισμα και να ξεφύγει από αυτούς. Παίρνει το καπέλο της και βγαίνει με ταχύτητα από το καφέ.

ΚΕΦΑΛΑΙΟ ΠΡΩΤΟ

Το Μεγάλο Μήλο 2019,
Μια μικρή εταιρεία εφημερίδων:

Ο Τάιλερ, μεγαλωμένος, γυμνασμένος και γοητευτικά όμορφος, κάθεται πίσω από ένα γραφείο με ένα παλιό πληκτρολόγιο Mac κάτω από τα δάχτυλά του και τα κουνάει πάνω από τα καθορισμένα πλήκτρα εκκίνησης δακτυλογράφησης. "Έλα, φίλε, σκέψου κάτι να γράψεις". Αναστενάζει, κοιτάζοντας τα δάχτυλά του πάνω από τα πλήκτρα. "Γαμώτο." Βάζει τα χέρια του στο πρόσωπό του, γυρνώντας στην καρέκλα του γραφείου του, και γρυλίζει στις παλάμες του.

Ένα χτύπημα ακούγεται από την ανοιχτή πόρτα.

Ο Τάιλερ κατεβάζει τα χέρια του τόσο ώστε να στρέψει το βλέμμα του προς την πόρτα.

Μια μικροσκοπική νεαρή ξανθιά χώνει το κεφάλι της μέσα με ένα υπερβολικό χαμόγελο που μετατρέπεται σε ανατριχίλα. "Συγγνώμη! Ξέρω ότι δεν θέλατε να σας ενοχλήσουν, αλλά με κυνηγάνε". Σφίγγει τα δόντια της, κουνώντας το κεφάλι της, και κοιτάζει το ταβάνι, μιλώντας μέσα από τα δόντια της. "Ουφ..." Το βλέμμα της επιστρέφει σε εκείνον.

"Έχεις τίποτα να τους δώσω;" Μετατοπίζεται, πιέζοντας τον εαυτό της στο πλαίσιο, και στηρίζει το χέρι της μέσα στο δωμάτιο.

Ο Τάιλερ ξεφυσάει, γυρίζει πίσω στο γραφείο του και σταυρώνει τα χέρια του στην άκρη. "Όχι." Κουνάει το κεφάλι του, ανακατεύοντας τις κοντές μαύρες μπούκλες του, και αφήνει το χέρι του να περάσει πάνω από το μούσι του καθώς πέφτει ξανά στο γραφείο. "Η ταινία ήταν χάλια, αλλά δεν μπορώ να το πω αυτό γιατί προφανώς είμαι "πολύ αρνητικός". '" Βάζει εισαγωγικά γύρω από τις δύο τελευταίες λέξεις. "Χρειάζομαι αυτή τη δουλειά. Τη χρειάζομαι για να φτάσω σε αυτή που θέλω". Ακουμπάει το κεφάλι του στο μπράτσο του, το κυλάει μερικές φορές και μιλάει προς το πάτωμα. "Πώς πρέπει να το κάνω αυτό;" Κρατάει το κεφάλι του σκυμμένο και βογκάει.

Η ξανθιά μπαίνει στις μύτες των ποδιών της στην ντουλάπα ενός γραφείου, ρίχνει μια ματιά πάνω από τον ώμο της και κλείνει την πόρτα, μιλώντας χαμηλόφωνα. "Λοιπόν, υπήρχε κάτι που σου άρεσε καθόλου;" Πλησιάζει προς το γραφείο του, κάθεται στη γωνία και ρυθμίζει την μπλούζα της.

Ο Τάιλερ μιλάει χωρίς να σηκώνει το κεφάλι του. "Όχι, τα πάντα σε αυτό ήταν επιτηδευμένα και τετριμμένα. Το καλύτερο σημείο ήταν ο σκύλος, και αυτός πεθαίνει". Σηκώνει το βλέμμα του, ανοίγει το στόμα του για να μιλήσει και σταματάει, κοιτάζοντας το ζευγάρι των καλυμμένων με μαύρη δαντέλα μαστών τόσο κοντά στο πρόσωπό του.

Η ξανθιά βγάζει τα στήθη της προς τα έξω, μετακινώντας τα από άκρη σε άκρη καθώς μιλάει. "Ίσως μπορώ να σου δώσω κάποια... έμπνευση". Δαγκώνει το κάτω χείλος της, αφήνοντάς το να γλιστρήσει αργά ανάμεσα από τα δόντια της.

Ο Τάιλερ κάθεται ευθεία, γλιστράει τα χέρια του πάνω στα ανοιγμένα του μπούτια και γλείφει τα χείλη του. "Ναι, ίσως μπορείς." Χαμογελάει καθώς εκείνη γυρίζει προς το μέρος του με ένα χαμόγελο.

Η ξανθιά ξεκουμπώνει τα υπόλοιπα κουμπιά της μπλούζας της, βγάζει τα ξυλάκια από τον κότσο της και τινάζει τα μαλλιά της ελεύθερα. Με το ένα πόδι, βάζει τα δάχτυλα των ποδιών της κάτω από το κάθισμα της καρέκλας του και τον τραβάει προς το μέρος της.

Οι ρόδες γυρίζουν και τρίζουν καθώς το βάρος του κινείται στο πάτωμα.

Γελώντας, ανοίγει τα πόδια της, τραβώντας το στρίφωμα της μαύρης pencil φούστας της, και γλιστράει το πόδι της ανάμεσα στα πόδια του μέχρι τον καβάλο του.

Ο Τάιλερ αναπνέει βαθιά, κοιτάζοντάς την, και στη συνέχεια κλείνει τα μάτια του, καθώς το πόδι της γλιστρά και κινείται πάνω στο σκληρό πουλί του. "Έλα εδώ." Τριγυρνώντας προς τα εμπρός, την σηκώνει από τη θέση της και την τοποθετεί στην αγκαλιά του.

Η ξανθιά βγάζει μια στριγγλιά, βάζει τα πόδια της εκατέρωθεν του και ακουμπάει το στήθος της στο πρόσωπό του.

Newport, RI
Σε μια τετραώροφη έπαυλη που έχει ένα πέτρινο κυκλικό δρόμο γύρω από ένα σιντριβάνι τριών επιπέδων και ένα γήπεδο τένις και μια πισίνα πίσω από την αυλή:

Μια ψηλή, τρομακτική γυναίκα πατάει το γκρίζο μαρμάρινο δάπεδο του φουαγιέ, περνώντας το ξεσκονόπανο Σουίφερ πάνω από τα κινέζικα βάζα που είναι συγκεντρωμένα σε κάθε χώρο.

Η Μέριεν περνάει μέσα, με τη ροζ μεταξωτή

ρόμπα να φτερουγίζει και να φουσκώνει πίσω της. "Ω, Μπρουνχίλντα! Να είσαι καλή και να καθαρίσεις το σκυλάκι της Φίφι. Δεν αντέχω τη μυρωδιά που βγάζει". Ρίχνει στην υπηρέτρια ένα χαμόγελο, χτυπώντας και σπρώχνοντας απαλά τα υπερβολικά μεγάλα ρολά στα βαμμένα από τους σχεδιαστές μαλλιά της.

Η Μπρουνχίλντα μουρμουρίζει στα γερμανικά καθώς συνεχίζει να ξεσκονίζει την εξαιρετικά ευαίσθητη διακόσμηση.

Η Μέριεν γελάει, σταματώντας κοντά στην πόρτα της κουζίνας. "Nehmen Sie den Ton nicht mit. Ich werde dich sofort feuern. " (Μην πάρεις τον ήχο μαζί. Θα σε απολύσω αμέσως.) Χασκογελάει και πάλι στο βλέμμα της Μπρουνχίλντα. "Τώρα, φύγε από εδώ, στο κουτί με τα σκυλάκια". Κουνάει το χέρι της προς το σύνολο των διπλών σκαλοπατιών που καμπυλώνουν το ένα προς το άλλο καθώς ανεβαίνουν και κατεβαίνουν.

Η Μπρουνχίλντα γουρλώνει τα μάτια της, μιλώντας με παχιά προφορά Germain. "Ναι, κυρία Grüber, θα καθαρίσω το σκατόκουτο του πολύτιμου κουταβιού σας". Προσφέρει ένα υπερβολικά σαρκαστικό χαμόγελο και στη συνέχεια κινείται προς τις σκάλες.

Η Μέριεν χαμογελάει, γνέφει μια φορά και στρέφεται προς την κουζίνα. "Πάω στοίχημα ότι θα το κάνεις." Κάνει κλικ στην τηλεόραση της κουζίνας και ανοίγει το ψυγείο.

Η κυρία στις ειδήσεις μιλάει με ενθουσιασμό στην κάμερα. "Και σε άλλα νέα, η τελευταία ατραξιόν που έπληξε το έθνος είναι αυτή του Sykes Manor, ένα στοιχειωμένο σπίτι τρόμου που σίγουρα θα τρομάξει όποιον μπει μέσα. Τα τελευταία τρία χρόνια έχει συγκεντρώσει εκατοντάδες χιλιάδες δολάρια από το γεγονός ότι είναι ανοιχτό όλο το χρόνο για τους λάτρεις του τρόμου και του παράγοντα του φόβου". Γελάει και στρέφεται προς τον συμπαρουσιαστή της. "Σίγουρα δεν μου αρέσει να φοβάμαι, αλλά ίσως χρειαστεί να το κάνω για το επόμενο μέρος". Γελάνε μαζί καθώς γυρίζει πίσω στην κάμερα. "Ο μυστηριώδης ιδιοκτήτης προσφέρεται να στείλει δώδεκα άτομα μέσα σε ένα ιδιωτικό πάρτι, όπου ένας από αυτούς θα μπορούσε να πάει σπίτι του με εκατό χιλιάδες δολάρια, αν "επιβιώσει τη νύχτα". '" Ανατριχιάζει. "Ωωω, ακούγεται τρομακτικό, έτσι δεν είναι, Τομ;" Στρέφεται προς τον συμπαρουσιαστή της.

Ο Τομ γνέφει. "Σίγουρα, Τζάνετ. Σίγουρα. " Γελάει, ρίχνοντας μια ματιά πάνω της, και χτυπάει τα χαρτιά του στο γραφείο τους. "Ίσως χρειαστεί να μπω κι εγώ". Χαμογελάει, γυρνώντας πίσω στην κάμερα. "Έχεις την ευκαιρία να λάβεις τη χρυσή πρόσκλησή σου με το ταχυδρομείο και το μόνο που έχεις να κάνεις είναι να στείλεις τα στοιχεία σου μέσω της ιστοσελίδας www.sykesmanor.com, η οποία συνδέεται επίσης με το Facebook, το Twitter, το Instagram...". Κάνει μια παύση, αλληθωρίζει και μιλάει πιο αργά. "Το StumbleUpon, το Delicious και το Buzznet". Γελάει, γυρνώντας προς την Τζάνετ. "Ουάου, φαίνεται ότι είμαι πίσω από την εποχή". Κουνάει το κεφάλι του. "Δεν έχω ακούσει για τα τελευταία." Αυτός και η Τζάνετ γελάνε, και οι δύο στρέφονται προς τα prompters, και αυτός γνέφει μια φορά προς την κάμερα. "Όταν επιστρέψουμε, πανδαιμόνιο στο εμπορικό κέντρο Μπρέντον". Δείχνει προς την κάμερα. "Τώρα για το διάλειμμα". Η τηλεόραση αλλάζει σε μια διαφήμιση του Arby's.

Η Μέριεν μελετά τις πληροφορίες που της παραδόθηκαν. "Εκατό χιλιάδες δολάρια δεν θα ήταν κακή κλοπή. Ίσως μόλις φύγει ο γερο-σκληρός, να μπορέσω να ξεζουμίσω αυτό το θλιβερό κάθαρμα". Χαμογελάει στον εαυτό της, ακουμπάει τους αγκώνες της στη μεγάλη μωβ μαρμάρινη νησίδα και χτυπάει τα ροζ χείλη της με τις τέλειες γαλλικές μύτες της. "Πόσο δύσκολο μπορεί να είναι να τα καταφέρεις σε ένα φτηνό στοιχειωμένο σπίτι;" Ανασηκώνοντας τους ώμους της, απομακρύνεται από το νησί και ανοίγει το νερό Φίτζι, βάζει ένα καλαμάκι στο μπουκάλι και πίνει μια γουλιά.

———

Πίσω στο μικρό γραφείο ειδήσεων:

Η ξανθιά κάθεται ξανά στη γωνία του γραφείου και κουμπώνει την μπλούζα της, χαμογελώντας στον εαυτό της, και κόβει τα μάτια της στον Τάιλερ.

Ο Τάιλερ γέρνει πίσω στο κάθισμά του και το περιστρέφει από τη μία πλευρά στην άλλη με ένα πλατύ χαμόγελο. Περνάει ένα χέρι μέσα από τις ιδρωμένες μπούκλες του, αφήνοντας έναν μακρύ αναστεναγμό, και στρέφει το κεφάλι του προς το μέρος της.

Η ξανθιά χαχανίζει. "Αρκετά καλή έμπνευση;" Λειαίνει τα μαλλιά της, τα στρίβει ξανά σε κότσο και καρφώνει τα ξυλάκια της σε σχήμα Χ.

Ο Τάιλερ γελάει. "Καθυστερημένη και υποτιμημένη με ένα εξαιρετικό καστ". Γέρνει προς τα εμπρός, ακουμπώντας τα δεμένα δάχτυλά του στην άκρη του γραφείου, και της χαμογελάει.

Η ξανθιά χαμογελάει, σκύβει μπροστά και ακουμπάει τα δάχτυλά της κάτω από το πηγούνι του. "Χαίρομαι που θα μπορούσα να σας εξυπηρετήσω". Γλιστράει από τη θέση της, ρίχνοντας μια στοίβα εφημερίδες. "Γαμώτο. Συγγνώμη!" Σκύβει για να τις μαζέψει και σταματά, κοιτάζοντας εκείνη που βρίσκεται στην κορυφή. "Ω! Το έχω ακούσει αυτό!" Τον κοιτάζει ψηλά, σκουπίζοντας τις αφέλειές της από το πρόσωπό της. "Ναι, είναι εκείνο το στοιχειωμένο σπίτι που μοιράζει εκατό χιλιάδες δολάρια σε όποιον καταφέρει να περάσει τη νύχτα. " Του δίνει το χαρτί.

Ο Τάιλερ ανοίγει τη σελίδα μέχρι τέρμα, διαβάζοντάς την ξανά. "Είναι ένας διαγωνισμός για δώδεκα μόνο άτομα και πρέπει να τους δώσω τη διεύθυνσή μου". Διπλώνει το χαρτί. "Ω, διάολε, όχι. Αυτός είναι μάλλον κάποιος τρόπος για να μπαίνει κάποιος κατά συρροή δολοφόνος στα σπίτια των ανθρώπων και να τους σκοτώνει. Δεν έχω καν ακούσει ποτέ γι' αυτό το μέρος. Και δεν είναι περίεργο, είναι στο κωλο-Μισισιπή". Χτυπάει το χαρτί στο γραφείο.

Η ξανθιά ανασηκώνει τους ώμους της, ρίχνοντας τα μάτια της στο χαρτί. "Είναι σε όλους τους ειδησεογραφικούς σταθμούς. Υποτίθεται ότι θα γίνει κάποια αίσθηση μέσα σε μια νύχτα". Αναστενάζοντας, ακουμπάει τον πισινό της στο γραφείο, ακουμπώντας τα χέρια της μπροστά της. "Μου φαίνεται ότι είναι μια εύκολη αρπαγή μετρητών". Τεντώνει ένα φρύδι, ακουμπάει το πηγούνι στον ώμο της και τον κοιτάζει επίμονα.

Ο Τάιλερ σκουπίζει το χέρι του στο πρόσωπό του, αφήνοντάς το πάνω από το στόμα του. "Αυτά τα χρήματα θα ήταν μια καλή αρχή". Γελάει, αφήνοντας το χέρι του να πέσει.

Η ξανθιά σκύβει προς το μέρος του, ακουμπώντας τα δάχτυλά της κάτω από το πηγούνι του. "Αν κερδίσεις, έλα να με βρεις". Με ένα τελευταίο γρήγορο φιλί, βγαίνει σέξι από το δωμάτιο.

Ο Τάιλερ γέρνει προς τα πίσω, βάζοντας τα χέρια του πίσω από το κεφάλι του, και κοιτάζει τη φωτογραφία του Sykes Manor στην πρώτη σελίδα της ερευνητικής πηγής και ανταγωνιστικής του εφημερίδας, των New York Times. "Λοιπόν, δεν θα έβλαπτε να δω τουλάχιστον αν με τραβάνε". Σκύβοντας προς τα εμπρός, αρπάζει την εφημερίδα, ξεφυλλίζοντας για τρόπους εισόδου, και μεταβαίνει στην ιστοσελίδα στον Mac του.

ΚΕΦΑΛΑΙΟ ΔΕΥΤΕΡΟ

Μαϊάμι, FL
Δικαστήριο της κομητείας Μαϊάμι-Ντάντε:

Ο Μίκου στέκεται πίσω από ένα μικρό τραπέζι μαζί με έναν παχουλό άντρα με λεκέδες μουστάρδας στη γραβάτα του από το υπερβολικά καλό ο γεύμα με χοτ ντογκ. Τραβάει το στρίφωμα του μαύρου σακακιού της, αφήνοντας τα δάχτυλά της να χαϊδέψουν την ασορτί pencil φούστα της. Προχωρώντας πίσω από το τραπέζι, απευθύνεται στους ενόρκους με ένα χαμόγελο.

Η εισαγγελέας και η αμούστακη κατήγορος, ντυμένες με ένα σκούρο καρό φόρεμα της δεκαετίας του '90 και μεγάλα τσόκαρα, σηκώνονται επίσης όρθιες και στρέφονται ενοχλημένες προς τους ενόρκους.

Ο δικαστής σηκώνει το χέρι του προς τους ενόρκους. "Έχετε την τελική σας ετυμηγορία;" Κατεβάζοντας το χέρι του, ακουμπά τα δάχτυλά του κατά μήκος του σαγονιού και του μάγουλου του και περιμένει.

Ο επιστάτης σηκώνεται. Ένας κοντόχοντρος άντρας με στρατιωτικό κούρεμα και στρογγυλά συρμάτινα γυαλιά. Κρατάει ένα φύλλο χαρτί στα τρεμάμενα χέρια του και αρνείται να κοιτάξει οποιονδήποτε ή οτιδήποτε άλλο εκτός από το φύλλο.

Καθαρίζοντας το λαιμό του, ο επιστάτης αρχίζει να διαβάζει από τη σελίδα με τρεμάμενη φωνή. "Εμείς, οι ένορκοι, κρίνουμε τον κ. Άτλμαν για την κατηγορία της σεξουαλικής επίθεσης... αθώο". Κάνει μια παύση καθώς η αίθουσα ξεσπά σε χλευασμούς και αντιδράσεις. "Για την κατηγορία της εγκληματικής σεξουαλικής επαφής, κρίνουμε τον κ. Attleman... αθώο". Παραδίδει το φύλλο στον δικαστικό επιμελητή, ο οποίος το παραδίδει στον δικαστή.

Περισσότεροι χλευασμοί, αποδοκιμασίες, αντιδράσεις και φωνές κατακλύζουν την αίθουσα.

Οι δικαστικοί επιμελητές στέκονται έτοιμοι με τα χέρια στα όπλα τους.

Ο δικαστής χτυπάει το σφυρί του χωρίς τέλος, φωνάζοντας πάνω από το πλήθος. "Ησυχία! Θα έχω τάξη στην αίθουσα του δικαστηρίου μου! Ησυχία!" Συνεχίζει να το χτυπάει μέχρι να επικρατήσει ησυχία στην αίθουσα, καθώς οι έχοντες λογική ησυχάζουν και οι μη έχοντες συνοδεύονται από τις πόρτες, και μόλις επικρατήσει ησυχία, απευθύνεται στους ενόρκους. "Οι ένορκοι ευχαριστούνται για την ετυμηγορία τους και αποχωρούν". Γυρίζει προς την αίθουσα, πιάνει τη λαβή του σφυριού του και το σηκώνει. "Η συνεδρίαση διακόπτεται." Χτυπώντας το σφυρί, κρεμάει το κεφάλι του.

Η Μίκου σφίγγει τα χέρια με τον κατηγορούμενο, ο οποίος χαμογελάει απ' άκρη σ' άκρη καθώς κοιτάζει τον κλαψιάρη κατήγορο.

Ο εισαγγελέας στρέφεται προς τη Μίκου. "Λοιπόν, συγχαρητήρια που είσαι ένα παγκόσμιας κλάσης μουνί... όπως πάντα". Ρυθμίζει το παλτό του πάνω από το μπράτσο του, λυγίζοντας τη λαβή του στο χερούλι του χαρτοφύλακά του.

Η Μίκου χαμογελάει, στέκεται όρθια και πιάνει

με τα δύο της χέρια το χερούλι του χαρτοφύλακά της μπροστά της. "Και όπως πάντα, θα πας κατευθείαν στην προσβολή χωρίς να με κεράσεις πρώτα. " Κλείνει τη γλώσσα της, γέρνοντας το κεφάλι της. "Ξέρεις ότι μου αρέσει να είμαι χορτάτη και μεθυσμένη πριν από ένα χαλαρό γαμήσι, ώστε τουλάχιστον να έχω τη μουδιασμένη ψευδαίσθηση ότι ήταν ικανοποιητικό". Με ένα ελαφρύ χαχανητό, ανασηκώνει τους ώμους της, στέκεται πιο ίσια και ψηλά. "Γιατί δεν προσπαθείς αντί γι' αυτό να φροντίσεις να είναι καλά συγκροτημένη και πιστευτή η υπόθεσή σου; Έκανα τη δουλειά μου... όπως πάντα". Κουνώντας ξανά το κεφάλι της, χαμογελάει και του κλείνει το μάτι.

Ο εισαγγελέας γουρλώνει τα μάτια του, στέκεται όσο πιο ψηλά μπορεί και την προσπερνάει μέσα από τη μικρή πτυσσόμενη πύλη και βγαίνει από την αίθουσα.

Η Μίκου χαμογελάει στον εαυτό της, κουνώντας το κεφάλι της μερικές φορές, και στη συνέχεια βγαίνει από το δωμάτιο με το κεφάλι ψηλά.

———

Μαϊάμι, FL
Λε Πετίτ Σαμπινιόν:

Η Πωλίνα στέκεται πίσω από μια κοπέλα που ανακατεύει μια κατσαρόλα με σούπα. Το χέρι της κοπέλας τρέμει καθώς σηκώνει το κουτάλι της γεύσης στα χείλη της και ρουφάει.

Η Πωλίνα ανασηκώνει τα χείλη της (το "ανασηκώνω" είναι σωστό, σημαίνει τα σηκώνω και τα κατεβάζω γρήγορα όπως τους ώμους). "Λοιπόν, πώς νομίζεις ότι έχει γεύση;" Γέρνει μπροστά, κοιτάζοντας το πιάτο, και παίρνει μια βαθιά ανάσα. "Γιατί μυρίζει σαν τον κόλπο μιας άστεγης γυναίκας". Κοιτάζοντας την κοπέλα, σηκώνει τα φρύδια της. "Έχει τη γεύση του κόλπου μιας άστεγης γυναίκας;" Κρατάει το βλέμμα της.

Η κοπέλα μυρίζει, παλεύοντας με τα δάκρυα, και αφήνει το κουτάλι κάτω.

Η Πωλίνα κουνάει το κεφάλι της, απλώνοντας τις παλάμες της στα πλευρά της. "Λοιπόν;! " Η φωνή της δυναμώνει, ο τόνος της ανεβαίνει τρεις οκτάβες.

Η κοπέλα ξεσπά σε κλάματα και η φωνή της τρέμει. "Έχει γεύση σαν τον κόλπο μιας άστεγης γυναίκας". Αναστενάζει μέσα στα χέρια της.

Η Πωλίνα εκνευρίζεται, δείχνοντας προς την πόρτα της κουζίνας. "Πήγαινε χέσου πάνω σου, καθάρισε και ξεκίνα από την αρχή". Κουνάει το δάχτυλο που δείχνει και κουνάει το κεφάλι της, κάνοντας τις κόκκινες μπούκλες της να αναπηδούν.

Η κοπέλα τρέχει από την κουζίνα, βγάζοντας κραυγές μέσα από τους λυγμούς της.

Η Πωλίνα ξεφυσάει, στρέφεται προς τη σούπα και φέρνει το κουτάλι στα χείλη της. "Τώρα, είναι όντως τόσο άσχημα;" Καταβροχθίζοντας την υπόλοιπη σούπα, ανασηκώνει τα χείλη της και αφήνει το κουτάλι κάτω. "Χρειάζεται λίγο αλάτι... και περισσότερο σκόρδο, αλλά δεν είναι κακή. " Αφήνοντας το κουτάλι κάτω, ανοίγει την τηλεόραση περιμένοντας την κοπέλα να επιστρέψει, ξεφυλλίζοντας τα κανάλια.

Οι ειδήσεις του καναλιού εννέα τραβούν την προσοχή της με μια εικόνα του Sykes Manor και σταματά.

Η μελαχρινή κυρία στις ειδήσεις μιλάει με σκεπτικισμό στην κάμερα καθώς διαβάζει τον οδηγό. "Το πιο πολυσυζητημένο αξιοθέατο τον τελευταίο καιρό είναι ένα μέρος που ονομάζεται Sykes Manor. Λέγεται ότι είναι το πιο συναρπαστικό στοιχειωμένο σπίτι τρόμου στην Αμερική. Τρία χρόνια εδώ και έχει βγάλει εκατοντάδες χιλιάδες δολάρια από την ανοιχτή πόρτα του που είναι ανοιχτή όλο το χρόνο για όσους θέλουν να παθαίνουν καρδιακές προσβολές". Γελάει και στρέφεται προς τον συμπαρουσιαστή της. "Θα διακινδύνευες να πεθάνεις για το επόμενο μέρος; " Γελούν μαζί.

Η Πωλίνα χάνει το ενδιαφέρον της, επιστρέφει στη σούπα, προσθέτει μια γερή ποσότητα αλατιού, ανακατεύει και σηκώνει το κουτάλι στα χείλη της. "Ε..." Κούρντισε τα χείλη της. "Είναι καλύτερη, αλλά χρειάζεται ακόμα σκόρδο". Απομακρύνεται από τη σούπα και την τηλεόραση, φτάνοντας για φρέσκες σκελίδες σκόρδου.

Βλέποντας τα μεγάλα μάτια της συμπαρουσιάστριάς της να την κοιτάζουν, η μελαχρινή παρουσιάστρια επιστρέφει στην κάμερα. "Αυτός ο άγνωστος ιδιοκτήτης προσφέρει σε δώδεκα άτομα μια δωρεάν εσωτερική ματιά και ένα ιδιωτικό πάρτι. Αν μείνουν όλη τη νύχτα, μπορεί να κερδίσουν εκατό χιλιάδες δολάρια". Ανατριχιάζει. "Ακούγεται λίγο ύποπτο, δεν νομίζεις, Τζέρι;" Στρέφεται προς τον συμπαρουσιαστή της.

Η Πωλίνα σταματά να κόβει, ρίχνοντας μια ματιά στην τηλεόραση, αφήνοντας την να κρατήσει την προσοχή της στο άκουσμα των χρημάτων. "Αυτό θα ήταν τέλειο για να αρχίσουμε να επεκτεινόμαστε". Γυρίζει τελείως, ακούγοντας πιο προσεκτικά.

Ο Gerry κοιτάζει το γραφείο τους, κουνώντας μερικές φορές το κεφάλι του. "Δεν ξέρω, Κάρολ, αυτό το ποσό μου φαίνεται ότι αξίζει τον κόπο". Γελάει, ρίχνοντας μια ματιά πάνω της, και χτυπάει τα χαρτιά του στο γραφείο τους, αφήνοντάς τα να κυλήσουν πάνω στα χέρια του. "Κατά κάποιο τρόπο θέλω να μπω κι εγώ". Χαμογελάει, γυρνώντας πίσω στην κάμερα. "Αν ενδιαφέρεσαι, μπορείς να λάβεις τη χρυσή πρόσκληση με το ταχυδρομείο. Υπάρχουν επίσης διάφοροι τρόποι για να εισάγετε τα στοιχεία σας".

Η Πωλίνα τρέχει να βρει ένα στυλό και ένα χαρτί, αρπάζοντας μια καφέ χαρτοσακούλα από τον πάγκο και ένα στυλό από την τσέπη της.

Ο άντρας παρουσιαστής συνεχίζει. "Μπείτε μέσα από την ιστοσελίδα, www.sykesmanor.com, η οποία συνδέεται με το Facebook, το Twitter, το Instagram...". Μετακινείται στη θέση του, αλληθωρίζοντας στο μόνιτορ. "StumbleUpon, Delicious και Buzznet". Γελάει, γυρνώντας προς την Κάρολ. "Ουάου, ίσως χρειαστεί να μπω μέσα από όλα αυτά". Κουνάει το κεφάλι του, γελώντας μαζί με την Κάρολ, και γνέφει μια φορά στην κάμερα καθώς γυρίζουν και οι δύο. "Όταν επιστρέψουμε, θα αφήσουμε τον Δρ Γκάρετ να σου δείξει πώς να χάσεις αυτό το επίμονο λίπος στην κοιλιά". Δείχνει προς την κάμερα. "Τώρα για το διάλειμμα". Η τηλεόραση αλλάζει σε προεπισκόπηση ταινίας.

Η Πωλίνα αναστενάζει, ρίχνοντας μια ματιά στον κατάλογο με τις επιλογές εισόδου. "Πάω να πάρω το δεύτερο εστιατόριο μου". Χαμογελάει στη σελίδα με τα μουτζουρωμένα γραπτά, και τότε μια φιγούρα καταλαμβάνει τη δεξιά της περιφέρεια.

Η κοπέλα στέκεται στην πόρτα και στύβει την ποδιά της. "Είμαι έτοιμη να ξαναπροσπαθήσω". Μασώντας τη γωνία του στόματός της, κοιτάζει την Πωλίνα με ορμή.

Η Πωλίνα γυρίζει, βάζει το χαρτί στην τσέπη της ποδιάς της και πετάει έναν αντίχειρα προς τη σούπα. "Λοιπόν;" Κάνει μια παύση και κοιτάζει επίμονα. "Γιατί στέκεσαι έτσι; Πιάσε δουλειά!" Βάζοντας τις γροθιές της στους γοφούς της, κοιτάζει την κοπέλα, παρακολουθώντας την να κινείται στην κουζίνα.

———

Σε ένα διαμέρισμα τριών υπνοδωματίων και δυόμισι μπάνιων στο ωραίο μέρος του Μαϊάμι, η Μίκου ανοίγει την πόρτα, αφήνει τον χαρτοφύλακά της στο πάτωμα στα αριστερά της, τα κλειδιά της στον γάντζο πάνω από αυτόν και βάζει τα παπούτσια της στο χαλάκι στα δεξιά της πίσω από την πόρτα. "Πολίνα! Γύρισα!" Κλείνοντας την πόρτα, βάζει να την ξανακλειδώσει και ξεκουμπώνει το σακάκι της καθώς προχωράει πιο μέσα.

Η Πωλίνα πετάγεται από τη γωνία της κουζίνας, με το αλεύρι να μουτζουρώνει το πρόσωπό της. "ΟΧΙ! Μην έρχεσαι εδώ μέσα ακόμα! Ήρθες νωρίς!" Σκύβει πίσω στην κουζίνα, και κρότος φωνάζει.

Η Μίκου χαχανίζει, σκύβοντας το λαιμό της σε μια υπερδραματική προσπάθεια να δει πίσω από τη γωνία. "Τι φτιάχνεις; Και ναι, κέρδισα, πάλι... Οπότε πρέπει να πάμε σπίτι νωρίτερα απ' ό,τι νομίζαμε". Πετάει το σακάκι της πάνω από την πλάτη ενός σκαμπό του μπαρ και ελίσσεται στο σαλόνι.

Η Πωλίνα φωνάζει από την κουζίνα: "Είναι έκπληξη - συγχαρητήρια για τη νίκη σας, και έχω κάποια μικρά καλά νέα".

Η Μίκου πέφτει στον λευκό καναπέ, απλώνοντας τα πόδια της στο σαλόνι. "Ω; Τι είναι αυτό;" Ξεκουμπώνει τα τρία πάνω κουμπιά της λευκής μπλούζας της και ακουμπάει το κεφάλι της στην πλάτη του καναπέ, κλείνοντας τα μάτια της.

Η Πωλίνα γελάει λίγο. "Μας έβαλα και τους δύο σε αυτόν τον διαγωνισμό για εκατό χιλιάδες δολάρια. Το μόνο που πρέπει να κάνουμε είναι να μείνουμε όλη τη νύχτα σε ένα στοιχειωμένο σπίτι στο Μισισιπή. Και μην ανησυχείς, χρησιμοποίησα το κουτί της δουλειάς σου όπως σου αρέσει. " Πετάγεται από τη γωνία, λύνει τη μπλε ποδιά της και χαμογελάει στη Μίκου.

Η Μίκου σηκώνει το κεφάλι της, ανοιγοκλείνοντας ένα φρύδι. "Ένα στοιχειωμένο σπίτι; Πώς είναι αυτό πρόκληση;" Χαμογελάει, κοιτάζοντας την Πωλίνα από πάνω μέχρι κάτω.

"Ξέρεις πόσο χαριτωμένη φαίνεσαι όταν είσαι βρώμικη από το μαγείρεμα;" Γλιστρώντας από τη θέση της, την πλησιάζει, τρίβοντας λίγο αλεύρι με τον αντίχειρά της.

Η Πωλίνα χαμογελάει. "Ξέρεις πόσο σέξι είσαι με το πουκάμισό σου ξεκούμπωτο έτσι;" Γλείφει τα χείλη της, τραβάει το κάτω ανάμεσα στα δόντια της, σκύβει προς τα κάτω και ρίχνει ένα απαλό αλλά σταθερό και παθιασμένο φιλί στα χείλη της Μίκου.

ΚΕΦΆΛΑΙΟ ΤΡΊΤΟ

Λαρέντο, ΤΧ
Διαγωνισμός γεύσης πίτσας του Λαρέντο:

Ο Τζεμπ στέκεται πάνω από ένα ταψί πίτσας τριάντα έξι ιντσών και βάζει το ένα κομμάτι μετά το άλλο στο στόμα του, ενώ ένα στάδιο ανθρώπων ζητωκραυγάζει, αποδοκιμάζει και γιουχαΐζει.

Ένα ρολόι μετρά αντίστροφα πάνω από αυτόν και άλλους τέσσερις διεκδικητές.

Ο τελετάρχης τους απλώνει το χέρι, βάζοντας ένα μικρόφωνο στα χείλη του. "Ένα λεπτό έμεινε στο ρολόι! Αρκετά κομμάτια πίτσας έχουν μείνει στο τραπέζι, παιδιά! Ποιος θα είναι ο επόμενος πρωταθλητής του Λαρέντο στην κατανάλωση πίτσας;" Απλώνει τα χέρια του στον Τζεμπ και στους υπόλοιπους διαγωνιζόμενους.

Το πλήθος ξεσπά σε επευφημίες. Κουνάνε αφίσες, φωνάζουν το όνομα του Τζεμπ και σαλπίζουν με κόρνες ομίχλης.

Ο Τζεμπ ρίχνει μια ματιά στους ανταγωνιστές του που βουτάνε τις πίτσες τους στο νερό, τις διπλώνουν και τις μασάνε σαν τρελοί. Γυρίζει πίσω στο δικό του ταψί, βουτάει την κόρα της πίτσας του μερικές φορές στο ποτήρι με το νερό και βάζει το κομμάτι στο στόμα του.

Το ρολόι πίσω τους δείχνει δέκα δευτερόλεπτα.

Το πλήθος μετράει αντίστροφα μαζί του.

Δέκα.

Εννέα.

Οκτώ.

Επτά.

Έξι.

Πέντε.

Τέσσερα.

Τρία.

Δύο.

Ένα!

Πιέζοντας την τελευταία μπουκιά κρούστας από τα δόντια του, ο Τζεμπ μασάει και μασάει, αναγκάζοντας το μπουκάλι να κατέβει από το στομάχι του με μια ωραία γουλιά νερό για να το βοηθήσει να γλιστρήσει πιο εύκολα.

Το ρολόι σταματάει, βγάζοντας έναν δυνατό συναγερμό.

Ο Τζεμπ στέκεται όρθιος και βάζει τα χέρια του πάνω στο στομάχι του. Φουσκώνοντας τα μάγουλά του, παλεύει με τον εμετό. Τον καταπίνει, ανοίγει το στόμα του και βγάζει τη γλώσσα του.

Το πλήθος τρελαίνεται.

Ο δικαστής τον πλησιάζει, σηκώνοντας το δεξί του χέρι στον αέρα.

Ο Τζεμπ σηκώνει και αυτός το ελεύθερο χέρι του, χτυπώντας τις γροθιές του πάνω από το κεφάλι του.

Οι άλλοι διαγωνιζόμενοι γρυλίζουν, κουνώντας το κεφάλι τους, και ρίχνουν το υπόλοιπο της πίτσας τους πίσω στο ταψί. Ένας τύπος τρέχει στο πίσω μέρος της σκηνής και ξερνάει πάνω από τα κάγκελα της σκηνής στο γρασίδι. Ένας άλλος αρχίζει να κλαίει, βάζοντας τα χέρια του στο πρόσωπό του.

Μια πολύ αναστατωμένη γυναίκα τον πλησιάζει, βάζοντας τα χέρια της στους ώμους του. "Δεν πειράζει, Τζόνι, θα βρούμε τα λεφτά με κάποιον άλλο τρόπο". Τον χαϊδεύει καθώς φεύγουν από τη σκηνή.

Ο τελετάρχης παραδίδει στον Τζεμπ ένα τρόπαιο με εκατό χιλιάδες δολάρια στο κύπελλο, του σφίγγει το χέρι, και στρέφονται προς τα εμπρός για φωτογραφίες που αναβοσβήνουν.

Ο Τζεμπ ρίχνει μια ματιά πάνω από τον ώμο του, συλλαμβάνοντας τον άνδρα που κλαίει και τη γυναίκα, έχοντας ακούσει τι είπε, και αφήνει τον δάσκαλο να στέκεται μπροστά στην κάμερα.

Καθώς πλησιάζει το ζευγάρι, η γυναίκα σηκώνει το βλέμμα και τρίβει τους ώμους του άνδρα. "Μπορώ να σας βοηθήσω;" Ρίχνει μια ματιά στον άνδρα που κάθεται με το πρόσωπό του στα χέρια του.

Ο Τζεμπ της δίνει τη στοίβα με τα μετρητά. "Δεν τα χρειάζομαι". Ανασηκώνοντας τους ώμους του, κάνει ένα βήμα πίσω.

Η γυναίκα κοιτάζει άφωνη τα χρήματα στα χέρια της και σπρώχνει τον άνδρα με τον αγκώνα της. "Τζόνι. Κοίτα!" Με μεγάλα μάτια και τεράστιο χαμόγελο, του κρατάει τα μετρητά.

Ο Τζόνι αποφεύγει τη μελαγχολία του, σκύβει προς τα πάνω και σταματάει, ρίχνοντας το βλέμμα του στον Τζεμπ. "Τι είναι αυτό; Κάποιο είδος φιλανθρωπίας;" Πετάγεται από τη θέση του, δείχνοντας τον Τζεμπ. "Νομίζεις ότι έβγαλα το χέρι μου;" Το πρόσωπό του κοκκινίζει περισσότερο από πριν, και απλώνει το δάχτυλό του, σπρώχνοντας το μυώδες στήθος του Τζεμπ.

Ο Τζεμπ σηκώνει τα χέρια του, γέρνει το κεφάλι του προς τα κάτω και κοιτάζει το έδαφος. "Κοίτα, φίλε, ο Τζόνι είναι; Έτυχε να ακούσω τι είπε η γυναίκα σου και σκέφτηκα να βοηθήσω. Δεν χρειάζομαι τα χρήματα περισσότερο απ' όσο ήθελα τον τίτλο". Ανασηκώνει τους ώμους του, κρατώντας τα χέρια του ψηλά, και λυγίζει τα υπερβολικά μεγάλα χέρια του.

Ο Τζόνι στέκεται όρθιος, σταυρώνει τα χέρια του και στη συνέχεια σκουπίζει το στόμα του μερικές φορές, ρίχνοντας μια ματιά πάνω από τον ώμο του στη γυναίκα και τα μετρητά. "Λοιπόν, σας ευχαριστώ. Αθετήσαμε ένα δάνειο και χρειαζόμασταν τα χρήματα για να το αποπληρώσουμε και ένα μέρος από το γραμμάτιο του σπιτιού". Ανασηκώνοντας τους ώμους του, κουνάει το κεφάλι του, απλώνοντας το χέρι του.

Ο Τζεμπ ρίχνει μια ματιά από το χέρι στα μάτια του Τζόνι και το πιάνει. "Κανένα πρόβλημα. Όλοι περνάμε δύσκολες στιγμές". Γνέφοντας σ' αυτόν και σ' αυτήν, απομακρύνεται.

Ένας λιπόσαρκος άντρας, περίπου ένα μέτρο πιο κοντός από τον Τζεμπ, τον πλησιάζει με μπλουζάκι Def Leppard, χακί σορτσάκι και μαύρα Converse με χαμηλά τακούνια και χτυπάει το χέρι του στη μέση της πλάτης του Τζεμπ. "Έι, φίλε, ξέρω ότι όλοι έλεγαν: "Χρειαζόμαστε λεφτά", αλλά κι εσύ το ίδιο. Ή μήπως το ξέχασες;" Κόβοντας το βλέμμα του προς τα πάνω, ανασηκώνει ένα φρύδι προς τον Τζεμπ.

Ο Τζεμπ γουρλώνει τα μάτια του, κουνώντας λίγο το κεφάλι του. "Όλα θα πάνε καλά, Κικ, μπορώ να κερδίσω τον επόμενο διαγωνισμό και να πάρω πίσω τα χρήματα. Ο Γουίλαρντ θα καταλάβει." Στρέφεται προς τον Κικ, κουνώντας το κεφάλι του μερικές φορές.

Ο Κικ γουρλώνει τα μάτια του, βγάζοντας τα μούτρα του, και ξεφυσάει. "Έλα τώρα, Τζέι, ξέρεις καλύτερα από μένα ότι ο Γουίλαρντ δεν δίνει δεύτερες ευκαιρίες". Δείχνει πίσω τους. "Αυτό ήταν το εισιτήριό μας για να φύγουμε από κάτω του. Δεν είναι καλός τύπος". Απλώνει και τα δύο χέρια του στα πόδια του. "Κι εμένα, πάντως, μου αρέσει να μπορώ να χρησιμοποιώ τα πόδια μου". Τεντώνοντας ξανά το φρύδι του, κόβει τα μάτια του προς τα πάνω, απλώνοντας τα χέρια του.

Ο Τζεμπ γελάει βαθιά μέσα στο ογκώδες στήθος του, ξύνεται και κοιτάζει μπροστά τους καθώς περπατούν. "Θα τα καταφέρω να επιστρέψω, το υπόσχομαι". Σταματάει να περπατάει, χτυπώντας το πλάι της γροθιάς του στο στήθος του, και αφήνει ένα τεράστιο και δυνατό ρέψιμο που μοιάζει να μην τελειώνει ποτέ. " Ωωωω! Αισθάνομαι πολύ καλύτερα". Γελώντας, στρέφεται προς τον Κικ.

Ο Κικ τον κοιτάζει επίμονα. "Φίλε, πιες λίγο στοματικό διάλυμα". Βάζει το χέρι του μπροστά από το πρόσωπό του. "Αυτό είναι άθλιο." Με μια γκριμάτσα, γέρνει προς τα πίσω, εξακολουθώντας να βγάζει το χέρι του. "Και πώς σκοπεύεις να κερδίσεις τα λεφτά πίσω, ε; Ο επόμενος διαγωνισμός είναι σε ένα μήνα. Έχεις τρεις εβδομάδες. Δεν θα περιμένει πολύ ακόμα. " Ανασηκώνοντας τους ώμους του, απλώνει και τα δύο του χέρια, κρατώντας τα εκεί.

Ο Τζεμπ ανασηκώνει και αυτός τους ώμους του, κουνώντας το κεφάλι του, και κοιτάζει προς την άλλη πλευρά του πάρκου, σταματά και δείχνει. "Εκεί." Κουνάει το δάχτυλο που δείχνει σε μια αφίσα πάνω σε μια συρμάτινη κολόνα, και περπατούν μέχρι εκεί.

Ο Κικ Κικ περνάει το δάχτυλό του κάτω από τις λέξεις και σταματάει στο "εκατό χιλιάδες δολάρια". ' "Τζεμπ." Χτυπάει το στήθος του Τζεμπ με το πίσω μέρος του χεριού του, γέρνοντας το κεφάλι του προς τα πάνω. "Πιστεύω ότι έκανες κάτι σωστό... για μια φορά". Γελώντας, βγάζει το τηλέφωνό του, φωτογραφίζοντας την αφίσα της ανακοίνωσης για το βραβείο του πάρτι μιας βραδιάς του Sykes Manor.

Ο Τζεμπ τον σπρώχνει με έναν γεροδεμένο

αγκώνα, δείχνοντας τις πολύ μικρές λέξεις στο κάτω μέρος της αφίσας. "Λέει ότι η προθεσμία για τις συμμετοχές λήγει αύριο. Και το πάρτι είναι σε δύο εβδομάδες. Οι νικητές θα λάβουν τις προσκλήσεις τους την επόμενη εβδομάδα". Χαμογελώντας, στρέφεται προς τον ΚικΚικ. "Αν ανατινάξουμε τις συμμετοχές, έχουμε περισσότερες πιθανότητες να μας επιλέξουν, αα και μπορούμε να ξεπληρώσουμε τον Γουίλαρντ νωρίτερα". Κρατώντας το χαμόγελό του, κλείνει το μάτι.

Ο Κικ Κικ βάζει το τηλέφωνό του στην τσέπη του, βάζοντας αμέσως μετά τα χέρια του στις τσέπες του, και γνέφει προς τα αριστερά του. "Σου έχει μείνει καθόλου χώρος; Στρέφει το κεφάλι του προς το υποκατάστημα απέναντι από το σημείο τους, και χαϊδεύει το στομάχι του που γουργουρίζει χαμογελώντας.

Ο Τζεμπ βάζει μια παχιά γροθιά στον ώμο του Κικ, δίνοντάς του ένα σπρώξιμο. "Ναι, φίλε, έχω όντως όρεξη για κάτι γλυκό". Κυλάει τη γλώσσα του κατά μήκος του στόματός του, χτυπώντας μερικές φορές. "Ελπίζω να έχουν μπισκότα". Γλείφοντας τα χείλη του, ξύνει το μεγάλο, φαρδύ στήθος του, τεντώνοντας λίγο.

Ο Κικ τρίβει τον ώμο του, κουνώντας το κεφάλι του με ένα χαμόγελο και ένα γέλιο, και στη συνέχεια δείχνει το δρόμο.

———

Φινάλε Λιγκούρε, Ιταλία:
Φωτογράφιση Βογκ:

Οι φωτογραφικές μηχανές κάνουν κλικ και αναβοσβήνουν πίσω-πίσω.

Τρεις γυναίκες, που μοιάζουν σαν να έχουν να έχουν περίοδο από τα δεκαπέντε τους χρόνια, ποζάρουν γύρω από έναν ψηλό και αδύνατο Μπλέικ, του οποίου τα μακριά μαλλιά ανεμίζουν και στροβιλίζονται γύρω από το κεφάλι και τους ώμους του. Τα σκούρα ρούχα τους και τα δραματικά μαλλιά και το μακιγιάζ τους πιέζουν ενάντια σε έναν καταγάλανο ουρανό με θέα μια παραλία.

Ο Μπλέικ κρατάει τις άκρες του γιακά του μαύρου σακακιού του καθώς κοιτάζει το τίποτα. Αφήνει τις γυναίκες να ακουμπήσουν πάνω του, να τον αγκαλιάσουν και να γλιστρήσουν τα χέρια τους παντού πάνω του για την επόμενη ώρα, καθώς αλλάζουν θέσεις από όρθιες σε καθιστές και ξαπλωμένες. Στο τέλος της ώρας, κατά τη διάρκεια της αλλαγής της γκαρνταρόμπας και του μακιγιάζ, χαλαρώνει στην καρέκλα του μακιγιάζ, ενώ η καλλιτέχνης κινείται γύρω του.

Μια μικρή κοπέλα με ένα φωτεινό ξανθό ακατάστατο κότσο, ντυμένη με τζιν και ένα μπλουζάκι για το φεστιβάλ, κινείται με κάθε τρόπο, βάζοντας ένα λεπτό στρώμα μέικ απ, ενώ μιλάει στο Bluetooth της. "Ναι, μαμά, διάβασα για το πάρτι στο τηλέφωνό μου. Θα μπω μέσα, όπως και να 'χει". Γελάει, σταυρώνοντας τα δάχτυλά της. "Ελπίζω να είμαι πίσω στις ΗΠΑ μέχρι τότε". Κάνει μια παύση, ταμπονάροντας λίγο απαλό ροζ ρουζ στα μάγουλα της Μπλέικ. "Ω, το ξέρω. Ελπίζω να αγοράσω ένα σπίτι με αυτά. Εκατό χιλιάδες δολάρια είναι πολλά λεφτά για εμάς τους φτωχούς". Γελώντας, γυρίζει προς τον καθρέφτη, αφήνοντας κάτω την παλέτα. "Ναι, μαμά, εντάξει. Κι εγώ σ' αγαπώ. Αντίο." Βγάζοντας το Bluetooth, γυρίζει πίσω στον Μπλέικ. "Συγγνώμη γι' αυτό". Προσφέρει ένα χαμόγελο που στραβώνει. "Η μαμά μου μπορεί να είναι λίγο μακρόσυρτη μερικές φορές". Γυρνώντας τα μάτια της, γυρίζει και πετάει το χέρι της στον αέρα.

Ο Μπλέικ μετακινείται στο υφασμάτινο κάθισμα. "Κανένα πρόβλημα". Κάνει μια παύση, σηκώνοντας ένα δάχτυλο από το στενό ξύλινο μπράτσο της καρέκλας. "Τι ακριβώς συζητούσατε εσείς οι δύο;" Κλείνει τα μάτια του κατά την προσέγγισή της.

Ο καλλιτέχνης χαχανίζει. "Είχε δει στις ειδήσεις για το στοιχειωμένο σπίτι, το Sykes Manor, που διοργανώνει ένα δείπνο με τυχαίο διαγωνισμό για δώδεκα άτομα που θα κερδίσουν εκατό χιλιάδες δολάρια αν αντέξουν όλη τη νύχτα." Βάζει λίγη μπλε σκιά στα βλέφαρά του. "Της έλεγα ότι θα συμμετάσχω απόψε". Γελάει μέσα από τη μύτη της, προσθέτοντας λίγο τζελ στα φρύδια του για να τα κρατήσει αντίθετα με το κόκκαλο. "Αμφιβάλλω αν θα με επιλέξουν, αλλά δεν θα το μάθω ποτέ αν δεν μπω". Τελειώνοντας, βουρτσίζει τα χέρια της το ένα πάνω στο άλλο και αναστενάζει.

Ο Μπλέικ αναστενάζει με ένα χαμόγελο, ρίχνοντας το πηγούνι του προς το μέρος της. "Αν δυστυχώς δεν σε διαλέξουν, θέλεις να βγούμε για φαγητό μαζί;" Κάθεται όρθιος, κρατώντας το βλέμμα της.

Οι καλλιτέχνες αφήνουν ένα σκληρό, δυνατό γέλιο να ξεφύγει, καλύπτοντας αμέσως το στόμα της και μιλώντας μέσα από τα δάχτυλά της. "Ίσως με ξαναρωτήσεις όταν δεν θα μοιάζεις με Ασιάτη κλόουν". Χασκογελώντας, απομακρύνεται, χωρίς πλέον να εμποδίζει τον καθρέφτη.

Ο Μπλέικ κοιτάζει το μακιγιάζ που παρήγγειλε η εταιρεία μοντέλων και γρυλίζει στον εαυτό του. Γαμώτο. Σκέφτεται την ιδέα να κερδίσει αυτά τα χρήματα μόνο και μόνο για καλές διακοπές. Ίσως πίσω στο Κολοράντο. Ναι. Αυτό θα ήταν ωραίο, όχι να γυρίσει σπίτι του, αλλά να ζήσει στο ωραιότερο καταφύγιο και να κάνει σκι από το πρωί μέχρι το βράδυ. Πηγαίνοντας προς το σακίδιο του που βρίσκεται κοντά στη φορητή ματαιοδοξία, βγάζει το τηλέφωνό του και ψάχνει πώς να μπει.

ΚΕΦΆΛΑΙΟ ΤΈΤΑΡΤΟ

Γέφυρα Μπροξ, Λουιζιάνα
Στο μυστικό πίσω δωμάτιο του Μπακ Γουντς Μπαρ:

Ένας ηλικιωμένος, λιγότερο γεροδεμένος και πιο αδύνατος Χιούστον κάθεται σε μια παλιά καρέκλα υπολογιστή, με γυαλιστερό και λαμπερό πράσινο ύφασμα που ραγίζει στις ραφές.

Ο καπνός των πούρων και των τσιγάρων διαπερνά το δωμάτιο, προσκολλημένος στην υγρασία του ζεστού αέρα.

Πέντε άλλοι κύριοι κάθονται γύρω από το τραπέζι μαζί του, ο καθένας καπνίζοντας ένα από τα δύο είδη καπνογόνων.

Μια μαυρισμένη ξανθιά γυναίκα, μάλλον γύρω στα τριάντα, αλλά μοιάζει πενήντα, σερβίρει στο τραπέζι έναν γύρο μπύρες.

Ο Χιου κοιτάζει τα χαρτιά στο χέρι του, ρίχνει μια ματιά σε αυτά που έχουν μείνει στο τραπέζι και ξεφυσάει. "Τα βλέπω. Όλα μέσα. " Παίρνει όλες τις μικρές μάρκες του και τις πετάει στο ποτ στη μέση.

Ο άνδρας δίπλα του τηλεφωνεί.

Ο άνδρας δίπλα του ελέγχει.

Και ο ντίλερ στο τέλος γέρνει προς τα πίσω, μιλώντας με παχιά προφορά Cajun. "Εντάξει τώρα, όλα τα στοιχήματα έχουν γίνει." Χτυπάει μερικές φορές το τραπέζι, κοιτάζοντας τον Χιου.

Ο Χιου ξύνει το πίσω μέρος των λεπτών, ατημέλητων και χνουδωτών μπούκλων του, σηκώνει ένα φρύδι στα χαρτιά του και αφήνει το χέρι του να περάσει πάνω από το στόμα του, ξύνοντας το λεπτό του μουσάκι.

Οι υπόλοιποι άνδρες τον κοιτάζουν επίμονα, κοιτάζοντας τα χαρτιά τους και ρουφώντας τα καπνογόνα τους.

Ο πρώτος άνδρας αναποδογυρίζει τα δύο χαρτιά του, μιλώντας επίσης σε παχιά Cajun. "Δύο ζεύγη, τεσσάρια και ντάμες." Χτυπώντας την άκρη του πούρου του, γκρινιάζει κάτω από την αναπνοή του, "Έπρεπε να είχαμε κάνει πάσο". Μετακινείται στη θέση του και μουρμουρίζει βρισιές στα γαλλικά.

Ο επόμενος άντρας ανοίγει τα χαρτιά του, μιλώντας με τεξανό ύφος. "Τρεις ντάμες και δύο εξάρια". Χαμογελάει, χτυπώντας τον ώμο του πρώτου άνδρα.

Ο πρώτος άντρας αρπάζει τον ώμο του, χτυπώντας τον τύπο, και μουρμουρίζει περισσότερα γαλλικά.

Σειρά του Χιου, ο οποίος καταπίνει με στεγνό στόμα. "Λοιπόν, όλοι σας." Ρίχνει μια ματιά γύρω από το τραπέζι. "Με ξεπεράσατε για άλλη μια φορά". Τους χαμογελάει με μισή καρδιά, καταπίνει ενάντια στο γυαλόχαρτο και αναποδογυρίζει τα χαρτιά του. "Δεν έχω τίποτα." Τους χαμογελάει πάλι με μισή καρδιά. "Τι να πω; Όλοι σας μπλοφάρατε". Η ζέστη ακτινοβολεί κάτω από το ιδρωμένο πουκάμισό του, χτυπώντας το πηγούνι και τα μάγουλά του.

Οι άντρες γρυλίζουν, ο έμπορος σκύβει μπροστά στο τραπέζι και τον κοιτάζει. "Λες ότι σου τελείωσαν τα λεφτά;" Γέρνοντας προς τα πίσω, σταυρώνει τα χέρια του.

Ο Χιου ρίχνει μια ματιά στο δωμάτιο γεμάτο

γεροδεμένους άντρες με όπλα και καταπίνει πιο δυνατά ενάντια στο στόμα του που στεγνώνει συνεχώς. "Αν μπορούσατε να μου δανείσετε λίγο ακόμα, είμαι σίγουρος ότι μπορώ να το κερδίσω πίσω. Απλώς περνάω μια ξηρασία τζογαδόρου, αυτό είναι όλο. " Χειροκροτεί τα χέρια του σε κάθε πλευρά του και μετά τα σηκώνει προς τους άνδρες που αγριοκοιτάζουν. "Ελάτε παιδιά, τι λέτε για την παλιά καλή φιλοξενία του Νότου; Ε;" Κάνει μια παύση, κοιτάζοντας γύρω του με ένα αμήχανο χαμόγελο κολλημένο στο πρόσωπό του.

Το επόμενο πράγμα που καταλαβαίνει είναι ότι ένας από τους εύσωμους άνδρες τον πετάει έξω από την πίσω πόρτα, στο στενό δρομάκι και στον τοίχο του διπλανού κτιρίου.

Βήχοντας, ο Χιου σηκώνεται αργά στα χέρια και τα γόνατά του.

Ο τύπος που τον πέταξε φωνάζει σε βαθιά και πυκνά κατζούν: "Φέρε μας τα λεφτά, αλλιώς δεν θα μπορέσεις να περπατήσεις". Απομακρύνεται και χτυπάει την πόρτα πίσω του.

Ο Χιου βγάζει τα λόγια του, μιλώντας στον τύπο, αλλά στην πραγματικότητα μιλάει στον εαυτό του. "Πώς θα πάρω τα χρήματα, αν δεν μπορώ να περπατήσω για να τα βγάλω;" Βήχοντας, βογκάει ξανά, βάζοντας ένα χέρι στο στομάχι του και κοιτάζει ψηλά.

Μια καυτή ροζ σελίδα πλαστικοποιημένου χαρτιού χτυπάει πάνω σε έναν στύλο της ΔΕΗ λίγα μέτρα πιο κάτω στο δρομάκι, κάνοντας έναν δυνατό ήχο ξανά και ξανά.

Σηκώνεται όρθιος, ο Χιου περπατάει στο δρομάκι προς την κατεύθυνση του στύλου, με σκοπό να γυρίσει μακριά του και να πάει προς τα δεξιά του, αλλά η εικόνα και το γιγαντιαίο κείμενο που αναφωνεί "εκατό χιλιάδες δολάρια" στο φυλλάδιο τραβάει το βλέμμα του.

Στη μέση του χαρτιού, με ξεθωριασμένο μαύρο μελάνι, υπάρχει μια εικόνα του Sykes Manor. Οι πληροφορίες αναγράφονται γύρω από την εικόνα και στο κάτω μέρος.

Βγάζοντας το τηλέφωνό του, η οθόνη του οποίου έχει πλέον σπάσει σε μια γωνία, μπαίνει με κάθε δυνατό τρόπο.

―――――

Σάντα Φε, Νέο Μεξικό

Καθισμένη στη μέση του σαλονιού της σε μια κατάλευκη δερμάτινη πολυθρόνα, η Μπρέντα κάνει κλικ στο χειριστήριο του Xbox, μιλώντας στα ακουστικά της. "Εντάξει, παιδιά, πρέπει να συνέλθετε. Δεν μπορούμε να χάσουμε αυτό το tdm. Έχω πολλά λεφτά πάνω του. " Γυρνώντας τον μοχλό χαράς της, κρατάει πατημένο το κουμπί της σκανδάλης, πυροβολώντας έναν από τους αντιπάλους νεκρό.

Γρήγοροι πυροβολισμοί και εκρήξεις ακούγονται από τα τεράστια ηχεία που βρίσκονται εκατέρωθεν του σταθμού παιχνιδιών με πολλές οθόνες.

Μια ανδρική φωνή ακούγεται από το ηχείο των ακουστικών της. "Μην χάνεις το πλήρες, Μπαμπλς, είμαστε έγκυροι, κορίτσι μου. "

Η Μπρέντα βλέπει μια χειροβομβίδα να χτυπά έναν από τους συνεργάτες της. "Γαμώτο, Ρέτζι! Σου είπα να προσέχεις τον χάρτη σου και να είσαι σε εγρήγορση! Σταμάτα να είσαι τόσο γαμημένος μπεργκρής! " Σφίγγει πιο σφιχτά το χειριστήριό της, κάνοντας κλικ και εναλλαγές, πετυχαίνοντας κάθε στόχο.

Μια ανήσυχη ανδρική φωνή ακούγεται από τα ακουστικά της. "Δεν είμαι μπιφτέκι, Μπαμπλς, γαμημένη σκύλα! Σταμάτα να μου φωνάζεις! Έκανα ένα λάθος! "

Η Μπαμπλς βγάζει ένα τσιριχτό, σχεδόν υστερικό γέλιο. "Ναι, ένα λάθος που μας έβαλε πάνω από τον αριθμό των νεκρών και μας κόστισε τον γαμημένο αγώνα! Ugh!" Μέσα στην οργή της, πετάει το χειριστήριό της σε όλο το δωμάτιο, χτυπώντας την πλάτη της καρέκλας της.

Πολλαπλές φωνές, γυναικείες και ανδρικές, ακούγονται από τα ακουστικά και μιλούν ταυτόχρονα.

"Μην είσαι έτσι, Μπαμπλς."

"Έλα, κορίτσι μου, είναι ένας αγώνας".

"Δεν μπορείς να κερδίζεις κάθε φορά".

"Πόσα χρήματα στοιχημάτισες πάνω μας;"

Η τελευταία ερώτηση την κάνει να σταματήσει να περπατάει στο δωμάτιο και να σπρώξει τα κοντά ξανθά μαλλιά της μακριά από το πρόσωπό της με ένα φύσημα. "Πενήντα χιλιάδες". Ξεφυσάει, αφήνοντας το χέρι της να γλιστρήσει στο πρόσωπό της και να σταματήσει στο στόμα της.

Οι φωνές αρχίζουν πάλι.

"Γαμώτο, Μπ. Γιατί τόσο πολύ;"

"Τι σκεφτόσουν; Δεν πληρωνόμαστε καν τόσο πολύ για να παίξουμε".

"Πού βρήκες τα χρήματα και γιατί δεν μας το είπες;"

Η Μπρέντα κλαψουρίζει λίγο μέσα στο χέρι της πριν ξεφυσήσει ξανά. "Έχω μαζέψει τα κέρδη μου..." Γυρίζει σε έναν γρήγορο κύκλο για να αντικρίσει την οθόνη που δείχνει τα ΧΡ και τα λίγα ξεκλείδωτα αντικείμενα, και η φωνή της τρέμει. "Και τότε, ένα βράδυ, κάποιος από την άλλη ομάδα μου έστειλε μήνυμα ηλεκτρονικού ταχυδρομείου, στοιχηματίζοντας ότι θα μπορούσαν να μας νικήσουν με εξαιρετικά συγκεκριμένες οδηγίες γύρω από την υπόθεσή τους..." Τα μάτια της διευρύνονται καθώς πέφτουν στο πάτωμα, και κουνάει το κεφάλι της σαν να την βλέπουν. "Και προφανώς έκαναν λάθος, αλλά ο γαμημένος ο Ρέτζι έπρεπε να πέσει κάτω και να χτυπηθεί από μια γαμημένη χειροβομβίδα για να μας ανατρέψει την κατάσταση". Δείχνει ολόκληρο το χέρι της μπροστά της σαν να το βλέπουν και σφίγγει τα δόντια της.

Η φωνή του Ρέτζι επανέρχεται από τα ακουστικά με έναν απαλό και βαθύ τόνο. "Δεν ήταν. Δεν ήταν δικό μου λάθος. Αυτή η χειροβομβίδα ήρθε από το πουθενά και το παιχνίδι απλά έκανε υποχώρηση για να τους δώσει τη νίκη. Ήμουν στη μέση του να απομακρυνθώ. Δεν ήμουν καν κοντά της. Μας έκαναν πλάκα. "

Ένας πόνος δημιουργείται στο στομάχι της Μπρέντα και αναστενάζει, πιέζοντας τη μύτη της καθώς κλείνει τα μάτια της. "Αν αυτό είναι αλήθεια, Ρέτζι, τότε σου χρωστάω μια συγγνώμη". Αφήνοντας τη ράχη της μύτης της, επιστρέφει στην οθόνη της, ανοίγοντας το πλαίσιο διαλόγου, εμφανίζοντας μια οθόνη ρίζας. "Θα κοιτάξω τον κώδικα για να δω αν πρόκειται για πραγματική δυσλειτουργία. " Ξεδιπλώνει το ασύρματο πληκτρολόγιό της, χτυπώντας τα πλήκτρα που είναι καλυμμένα με σιλικόνη.

Το ακουστικό της σιωπά.

Η Μπρέντα πέφτει πίσω στην καρέκλα, αφήνοντάς την να περιστραφεί, και ξεφυσάει. "Ήταν μια πραγματική δυσλειτουργία". Χτυπώντας το χέρι της στο μέτωπό της, μουρμουρίζει τα λόγια της. "Συγγνώμη, Ρέτζι". Κόβοντας τα μάτια της προς τα αριστερά, βρυχάται στον εαυτό της.

Η φωνή του Ρέτζι ακούγεται από τα ακουστικά της λίγο πιο ανάλαφρη από πριν. "Ευχαριστώ, Μπαμπς". Χασκογελάει, και στη συνέχεια μια από τις οθόνες τον δείχνει να υπογράφει.

Η Μπρέντα αναστενάζει ξανά, περιστρέφοντας

το δάχτυλό της με το δάχτυλο του ποδιού της. "Θα τα πούμε αργότερα, πρέπει να σκεφτώ πώς θα πάρω πίσω τα λεφτά μου". Πριν προλάβει κανείς τους να απαντήσει, κλείνει τα ακουστικά της, πατώντας μερικά πλήκτρα, και απενεργοποιεί όλες τις οθόνες εκτός από την κεντρική.

Στην κάτω δεξιά γωνία της οθόνης εμφανίζεται ένα πλαίσιο κειμένου που διαφημίζει έναν διαγωνισμό.

Ενδιαφερόμενη, η Μπρέντα κάνει κλικ σε αυτό. "Πιθανώς spam, αλλά αξίζει μια ματιά". Ανασηκώνοντας τους ώμους της, ξεφυλλίζει το μεγαλύτερο πλαίσιο κειμένου που καταλαμβάνει τη μισή οθόνη της.

Μια φωτεινή οθόνη που αναβοσβήνει περιβάλλει ένα κολάζ εικόνων με εντόσθια, αίμα και αίμα. Η μεσαία εικόνα είναι αυτή της έπαυλης Σάικς σε ασπρόμαυρο χρώμα για δυσοίωνο αποτέλεσμα.

Η Μπρέντα αλληθωρίζει στην οθόνη, εκπνέοντας τα λόγια της. "Τι στο διάολο είναι αυτό;" Ανοίγοντας ξανά τις οθόνες, ενεργοποιεί τα ακουστικά της, ρίχνοντας μια ματιά στη λίστα με τα online.

Ο Ντέντρικ είναι ακόμα σε λειτουργία.

Ωραία.

Η Μπρέντα ρυθμίζει το μικρόφωνο μπροστά από το στόμα της. "Γεια σου, Ντι." Περιμένει.

Ο Ντέντρικ Ντέντρικ αναστενάζει στο μικρόφωνό του. "Ναι, κορίτσι μου;"

Η Μπρέντα χαμογελάει στον εαυτό της, με τα μάγουλα να ζεσταίνονται λίγο. "Μόλις πήρα αυτό το pop-up για έναν διαγωνισμό στοιχειωμένου σπιτιού- τα κέρδη είναι εκατό χιλιάρικα αν αντέξεις τη νύχτα". Χασκογελάει. "Είσαι μέσα; Το μόνο που έχουμε να κάνουμε είναι να δηλώσουμε το όνομα και τη διεύθυνσή μας". Γέρνει προς τα πίσω και γυρίζει. "Ή μήπως νομίζεις ότι είναι spam; Γιατί δεν έχω ακούσει για την έπαυλη Σάικς". Στηρίζει τον αγκώνα της στο μπράτσο της καρέκλας της, βυθίζοντας το πηγούνι της στο χέρι της, και περιμένει να απαντήσει.

Ένα ελαφρύ καγχασμό ακούγεται στο ακουστικό. "Μπι, υπέγραψα γι' αυτό πριν από εβδομάδες. Σήμερα είναι η τελευταία μέρα συμμετοχής. Αυτό το μέρος υποτίθεται ότι είναι το απώγειο των στοιχειωμένων σπιτιών, σαν απόλυτος κορυφαίος τρόμος τύπου "τρομάξτε-σας-με-το-σκασμό". Πήγαινε, κορίτσι μου! "

Η Μπρέντα δαγκώνει το κάτω χείλος της, και μετά συνειδητοποιεί και σμιλεύει τα φρύδια της. "Το ήξερες αυτό εδώ και εβδομάδες και μου το λες τώρα; Σου το είπα λίγα λεπτά αφότου το έμαθα". Κάθεται ίσια, κοιτάζοντας το κενό ανάμεσα σε εκείνη και το πληκτρολόγιό της.

Ο Ντέντρικ γελάει. "Συγγνώμη, Μπι, δεν ήξερα εκείνη τη στιγμή ότι θα ήταν τόσο μεγάλο θέμα. Δεν ήμουν καν σίγουρος ότι ήταν η δική σου σκηνή". Της χαρίζει το ίδιο γοητευτικό γέλιο.

Η Μπρέντα γουρλώνει τα μάτια της, κουνώντας το κεφάλι της και χαμογελάει. "Δεν πειράζει, αλλά την επόμενη φορά να θυμάσαι ότι είναι εντελώς δική μου σκηνή". Χαμογελάει στον εαυτό της, βγάζοντας ένα ελαφρύ χαχανητό, και κόβει ξανά τις οθόνες.

Ξεφυλλίζοντας τη διαφήμιση, φτάνει στο σημείο εισόδου, βάζοντας τα στοιχεία της, και στη συνέχεια διακόπτει την τελευταία οθόνη, πηγαίνοντας στην κουζίνα για ένα σάντουιτς με γαλοπούλα.

———

ΣΑρλό, Βόρεια Καρολίνα
Γύρος Ρίβερ Τζαμ: Τρίαθλο:

Η Ντορίν περνά τη γραμμή τερματισμού της τελευταίας της κούρσας δευτερόλεπτα μετά την κύρια αντίπαλό της και επιβραδύνει, παίρνοντας ανάσα. "Όπως πάντα, Μάρσι, καλό τρέξιμο". Κατεβάζοντας ένα χέρι από το κεφάλι της, το απλώνει, παίρνοντας μια βαθιά ανάσα.

Η Μάρσι χαμογελάει, παίρνει το χέρι της και το κουνάει, παίρνοντας την ανάσα της. "Το ίδιο και σε σένα".

Αναπνέοντας αέρα, επιστρέφει το χέρι της στην κορυφή του κεφαλιού της, αφήνοντας την αναπνοή της να εκπνεύσει αργά.

Οι αναπνοές τους ομαλοποιούνται, περπατούν προς το σταθμό νερού, παίρνουν τα μικρά κόκκινα χάρτινα ποτήρια και πίνουν το ποτήρι τους χωρίς να το παρακάνουν ή να παγώσουν τα μυαλά τους από το κρύο. Στην άλλη πλευρά του τραπεζιού δίπλα τους βρίσκονται οι υπάλληλοι του σταθμού νερού και κουβεντιάζουν.

Η Ντορίνε σκύβει προς το μέρος τους. "Τι ήταν αυτό που είπες για διαγωνισμό;" Κοιτάζει τη λευκή ξανθιά, κάνοντάς της μια γκριμάτσα επειδή κρυφακούει.

Η λευκή ξανθιά βάζει τα χέρια της στους γοφούς της. "Υπάρχει ένα στοιχειωμένο σπίτι στο Μισισιπή που διοργανώνει διαγωνισμό για το ποιος μπορεί να μείνει όλη τη νύχτα για εκατό χιλιάδες δολάρια". Το φρύδι της συσπάται και βρυχάται.

Η Ντορίνε κοιτάζει τη Μάρσι και χαμογελάει. "Ω, αυτό ακούγεται πολύ ωραίο. " Επιστρέφει το βλέμμα της στη λευκή ξανθιά και στέκεται πιο ψηλά. "Δεν το έχω ακούσει ποτέ, όμως". Χαμογελώντας δραματικά, χτυπάει μερικές φορές τις βλεφαρίδες της.

Η λευκή ξανθιά γουρλώνει τα μάτια της.

Η βρώμικη ξανθιά στα αριστερά της βγάζει ένα σκληρό γέλιο, απευθυνόμενη στη Ντορίν. "Αστειεύεσαι, έτσι;" Κοιτάζει την Ντορίν, ανασηκώνοντας ένα φρύδι.

Η Ντορίν καγχάζει στη Μάρσι, κουνώντας το

κεφάλι της. "Προπονούμαστε για τους Ολυμπιακούς Αγώνες. Ίσα που είχαμε χρόνο να κατουρήσουμε, πόσο μάλλον να κάνουμε κάτι διασκεδαστικό". Χασκογελάει ξανά, σπρώχνοντας τη Μάρσι με τον αγκώνα της.

Η βρώμικη ξανθιά κοιτάζει τους δυο τους, με το στόμα λίγο ανοιχτό. "Είναι σαν το πιο καυτό αξιοθέατο του τρόμου στις ΗΠΑ αυτή τη στιγμή. Πώς και δεν έχετε δει, ας πούμε, κάποια διαφήμιση ή δεν έχετε ακούσει γι' αυτό μέσα από, ας πούμε, ένα podcast ή ακόμα και στις ειδήσεις μέχρι τώρα;" Αφήνει μερικά αναγκαστικά λαχανιασμένα γέλια, χωρίς να παίρνει ποτέ τα μάτια της από πάνω τους.

Η Ντορίν σηκώνει τα φρύδια της, τα μάτια της ανοίγουν για ένα δευτερόλεπτο και γελάει, ρίχνοντας τα μάτια της στη Μάρσι. "Λοιπόν, πώς μπορώ να λάβω μέρος σε αυτόν τον σούπερ καυτό διαγωνισμό;" Κουνώντας μερικές φορές τα δάχτυλά της με τα φανερωμένα δάχτυλα, σταυρώνει τα χέρια της πάνω από το running tank της, και το αγωνιστικό της νούμερο τσαλακώνεται.

Και τα δύο κορίτσια κουνάνε τα κεφάλια τους, αλλά η ξανθιά απαντά. "Ω, όχι... εσείς οι δύο μπορείτε να το καταλάβετε αυτό από μόνες σας. Νομίζω ότι έχουμε βοηθήσει αρκετά". Δίνοντάς τους ένα υπερβολικά τσαλακωμένο μειδίαμα, σταυρώνει τα χέρια της, κοιτάζοντας και τις δύο κατάματα.

Η Ντορίνε και η Μάρσι χαχανίζουν, μιλώντας με ομοφωνία. "Εντάξει..." Χασκογελώντας περισσότερο, απομακρύνονται από τα κορίτσια και το πλήθος.

Καθισμένη σε ένα παγκάκι, η Ντορίν στρέφεται προς τη Μάρσι. "Θέλεις να μπούμε μαζί; Μπορούμε να μοιραστούμε τα κέρδη". Κλείνοντας τα μάτια, την κοιτάζει, αφήνοντας την ανασηκωμένη γωνία του στόματός της να χωρίσει τα χείλη της.

Η Μάρσι αναστενάζει, ψάχνοντας το έδαφος στα πόδια της. "Δεν ξέρω, Ντι. Όπως είπες, με το ζόρι προλαβαίνουμε να κατουρήσουμε, πόσο μάλλον να διασκεδάσουμε. Εξάλλου, δεν μας έχει μείνει πολύς χρόνος για προπόνηση, και αυτό είναι τόσο επί τόπου. Πότε γίνεται καν η κλήρωση και για ποια νύχτα είναι;" Μασάει τη γωνία του στόματός της.

Η Ντορίν γέρνει μπροστά στο κάθισμά της, στηρίζοντας τους αγκώνες της στα γόνατά της. "Λοιπόν, ας το ψάξουμε." Βγάζει το τηλέφωνό της, ανοίγει την εφαρμογή Google και πληκτρολογεί στη γραμμή αναζήτησης. "Εδώ λέει ότι σήμερα είναι η τελευταία μέρα για να δηλώσετε συμμετοχή, η κλήρωση είναι απόψε, ανακοινώνουν τους νικητές την επόμενη εβδομάδα και το πάρτι είναι τη μεθεπόμενη εβδομάδα. " Επιστρέφει το αλλοίθωρο βλέμμα της στη Μάρσι. "Λοιπόν, θέλεις να μοιραστούμε τα κέρδη;" Χαμογελάει.

Η Μάρσι μασάει ξανά τη γωνία του στόματός της. "Λοιπόν, αυτό αφήνει ένα ερώτημα, είναι τα χρήματα ανά νικητή ή ένα εφάπαξ ποσό;" Χαμογελάει.

Η Ντορίν γελάει, ξεφυλλίζοντας τους τρόπους εισόδου. "Αυτό είναι το κορίτσι μου". Κάνοντας μια στροφή για να καθίσει η Μάρσι, συμπληρώνουν τις φόρμες συμμετοχής με τις πληροφορίες τους.

ΚΕΦΑΛΑΙΟ ΠΕΜΠΤΟ

Παραλία Ρεντόντο, Καλιφόρνια
Αίθουσα ανάκρισης του RBPD:

Ο Νέιθαν κάθεται στην άβολη μεταλλική καρέκλα με τα ελάχιστα μαξιλάρια, με τα χέρια σταυρωμένα στην άκρη του τραπεζιού και το κεφάλι του ακουμπισμένο στους καρπούς του. Οι κατάξανθες ράστα του κρέμονται γύρω από τους ώμους, το λαιμό και τους δικέφαλους του.

Η πόρτα ανοίγει με τρίξιμο.

Ο Νέιθαν σηκώνει το κεφάλι του, με τα κατακόκκινα και σκουρόχρωμα μάτια του να στενεύουν προς τον αστυνομικό απέναντι από το τραπέζι. "Λοιπόν, αστυνόμε Κόρεϊ, ήταν καλές οι πληροφορίες μου;" Ξεφυσώντας, σκουπίζει το βυθισμένο και λεπτό πρόσωπό του και με τα δύο χέρια, κάθεται και γέρνει πίσω στην καρέκλα.

Ο Κόρι βάζει μια σακούλα μπέργκερ στο τραπέζι. Η μυρωδιά από μανιτάρια, ελβετικό, κρεμμύδια και πατάτες γεμίζει το δωμάτιο.

Ο Νέιθαν γλείφει τα χείλη του, σκύβει μπροστά και πιάνει την τσάντα.

Ο Κόρι το γλιστράει λίγο έξω από το χέρι του. "Όχι τόσο γρήγορα, Νέιθαν. Οι πληροφορίες σου ήταν καλές. Πήραμε ό,τι χρειαζόμασταν, αλλά εσύ πρέπει να καθαρίσεις, φίλε". Κάνει μια παύση, ξεφυσώντας, και χαμηλώνει τη φωνή του. "Για το καλό και των δυο μας." Σκουπίζοντας το στόμα του, σπρώχνει την τσάντα προς τον Νέιθαν.

Ο Νέιθαν αρπάζει την τσάντα. Τη φέρνει στο πρόσωπό του και κοιτάζει μέσα. Γέρνοντας προς τα πίσω, βάζει το χέρι του μέσα, με το χαρτί να τσαλακώνεται, και βγάζει ένα τεράστιο μπιφτέκι. Μετά από αυτό, ένα χαρτονένιο δοχείο με πατάτες τηγανιτές. Κοιτάζοντας τον Κόρι, ξετυλίγει το μπέργκερ και το βάζει στο στόμα του.

Ο Κόρεϊ γέρνει πίσω με έναν αναστεναγμό, σκουπίζοντας ξανά το στόμα του, και παρακολουθεί τον Νέιθαν να καταβροχθίζει.

Ο Νέιθαν καταπίνει, παίρνει μια γουλιά από το ποτήρι του to-go και βάζει κι άλλο στο στόμα του, μιλώντας μέσα από το φαγητό. "Το ξέρω, γουρούνι. Το ξέρω." Κρατάει το μπιφτέκι ψηλά με ένα χαμόγελο σκίουρου. "Ευχαριστώ για το φαγητό". Αφήνει λίγο να φύγει από τα χείλη του και συνεχίζει να μασάει με ανοιχτό στόμα.

Ο Κόρεϊ κάνει γκριμάτσες, γουρλώνει τα μάτια του και αναγκάζει τον εαυτό του να αγνοήσει τα ηχηρά χαστούκια. "Ναι, βέβαια." Καταπίνοντας τον εμετό στο λαιμό του, περιμένει την αιωνιότητα για να τελειώσει ο Νέιθαν το φαγητό.

Μόλις τελειώσει, ο Νέιθαν βγάζει ένα δυνατό ρέψιμο και βάζει τις τρεις τελευταίες πατάτες στο στόμα του με χαμόγελο. "Λοιπόν, θα με πας σπίτι;" Ρουφάει το τελευταίο ποτό του, κάνοντάς το να κάνει εκείνο το θόρυβο που γουργουρίζει.

Ο Κόρι γνέφει, σηκώνεται από τη θέση του με ένα ελαφρύ γρύλισμα. "Ναι." Αναστενάζει, κρατώντας το χερούλι της πόρτας. "Έλα." Ανοίγει την πόρτα, κοιτάζοντας το πάνω μέρος του πλαισίου καθώς περιμένει.

Ο Νέιθαν σέρνεται, παίρνει τα σκουπίδια του και τα πετάει στα σκουπίδια δίπλα στην πόρτα του διαδρόμου.

Οι δυο τους περπατούν μέσα από το μικρό αστυνομικό τμήμα μέχρι το πάρκινγκ και ο Νάθαν μπαίνει στο πίσω μέρος του περιπολικού του Κόρι.

Δέκα λεπτά αργότερα, ο Κόρι σταματάει σε μια πολυκατοικία και βγαίνει, ανοίγοντας την πίσω πόρτα του οδηγού. "Πήγαινε μέσα, πλύσου. Θα σχολάσω σε λίγες ώρες". Ξεφυσάει, συναντώντας το μειδίαμα του Νέιθαν, και κοιτάζει το τίποτα συγκεκριμένα. "Γαμώτο, χαίρομαι που πήρα ήδη το δικό σου μέρος του ενοικίου όταν ήρθε η επιταγή σου". Γυρίζει τη γλώσσα του κατά μήκος του στόματός του, κόβοντας τα μάτια του στον Νέιθαν. "Βγες έξω". Κάνει στην άκρη, κρατώντας την πόρτα.

Ο Νέιθαν καγχάζει, στριφογυρίζοντας στα πλαστικά καθίσματα και γελάει καθώς βγαίνει έξω. "Ναι, θα είμαι πεντακάθαρος όταν γυρίσεις σπίτι". Γελώντας, κουνάει το κεφάλι του, βγάζει τα κλειδιά από την τσέπη του και μπαίνει κουτσαίνοντας μέσα.

Κουνώντας το κεφάλι του, ο Κόρι κλείνει την πόρτα του αυτοκινήτου, τον βλέπει να μπαίνει στο διαμέρισμα και στη συνέχεια επιστρέφει στη δουλειά του.

Μιάμιση ώρα αργότερα, ο Κόρι κάθεται στο γραφείο του και περιηγείται στο Facebook, ενώ τσιμπολογάει το μισό σάντουιτς που έχει απομείνει από το Subway. Κάνοντας μια μπουκιά, βλέπει μια διαφήμιση για το Sykes Manor. Περιγράφει λεπτομερώς τον διαγωνισμό και τις διαδρομές συμμετοχής, καθώς και φωτογραφίες του αξιοθέατου. Πατάει τον σύνδεσμο και μεταφέρεται σε μια ξεχωριστή σελίδα του Safari για να συμμετάσχει.

Διστάζοντας λίγο, ο Κόρεϊ μουρμουρίζει στον εαυτό του: "Τι στο διάολο". Πατώντας το πεδίο της διεύθυνσης, βάζει τη διεύθυνση της ταχυδρομικής του θυρίδας.

Όταν τελειώσει, ο Κόρι κάνει μια παύση καθώς του περνάει από το μυαλό μια ιδέα. Παίρνοντας το ρίσκο, δίνει στον Νέιθαν τη διεύθυνση του διαμερίσματός τους. Καθισμένος πίσω, καμπυλώνει τα δάχτυλά του στα χείλη του, κοιτάζοντας την επιβεβαίωση της καταχώρησης που καταλαμβάνει την οθόνη. Κλείνοντας το παράθυρο, αφήνει το τηλέφωνό του κάτω και ασχολείται με την υπόλοιπη γραφειοκρατία, αφήνοντάς το να πέσει από το μυαλό του.

———

Αργότερα εκείνο το βράδυ, το ρολόι δείχνει το τέλος της βάρδιας και ο Κόρι παίρνει το μπουφάν και τα κλειδιά του και μπαίνει στο περιπολικό του. Αφού φτάσει στην πολυκατοικία, λύνει τη γραβάτα του, παίζει με τα κλειδιά του μέχρι να βρει το σωστό και ξεκλειδώνει την πόρτα.

Βγάζοντας το κλειδί από την κλειδαριά, ο Κόρεϊ ρίχνει μια ματιά στην είσοδο του σκοτεινού, ταπεινού διαμερίσματός τους με δύο δωμάτια και ένα μπάνιο. "Γεια σου, Νέιτ! Γύρισα! Ελπίζω να μην έχεις φάει το υπόλοιπο κακάο μου". Γελώντας, ανασηκώνει ένα φρύδι στο ήσυχο σκοτάδι. "Έι! Γιατί είναι όλα τα φώτα σβηστά; Είπαμε να αφήσουμε αυτό εδώ αναμμένο για να περπατάω μέσα". Βογκώντας, κλείνει την πόρτα με ένα απαλό κλικ, περιμένοντας και ακούγοντας για μια απάντηση.

Τίποτα.

Αυτό είναι παράξενο. Πάντα βγάζει κάποια σαρκαστική απάντηση. Ένας ξαφνικός πανικός τον καταλαμβάνει και ο Κόρεϊ κινείται προς το δωμάτιο του Νέιθαν στο πίσω μέρος του διαμερίσματος.

Η πόρτα είναι αρκετά ραγισμένη ώστε το σύρτη να ακουμπάει μέταλλο με μέταλλο.

Ένα φως αναβοσβήνει από μέσα και μια απαλή συζήτηση διαρρέει.

Ο Κόρεϊ βάζει το χέρι του στην πόρτα, διστάζοντας απέναντι στην αλήθεια που μπορεί να βρει. Καταπίνοντας δυνατά, σπρώχνει την πόρτα, ανοίγοντάς την λίγο περισσότερο. Οι μεντεσέδες τρίζουν και η καρδιά του πέφτει στο θέαμα που αποκαλύπτει.

Εκεί, απλωμένος στο κρεβάτι, είναι ο Νέιθαν. Το κοκαλιάρικο κορδόνι του είναι χαλαρό κάτω από το χέρι του. Βελόνα στο πάτωμα κάτω από τα ξανθά μαλλιά του που κρέμονται. Τα μάτια του είναι άψυχα. Το στόμα του κρέμεται ανοιχτό σε ένα ελαφρύ χαμόγελο, καθώς μια γραμμή από αφρισμένο εμετό διατρέχει το μάγουλό του. Ακόμα στάζει στο πάτωμα.

Συνειδητοποιώντας τα πράγματα, ο Κόρεϊ ορμάει στο δωμάτιο, πιέζοντας δύο δάχτυλα στη στροφή της βάσης του σαγονιού του Νέιθαν.

Τίποτα.

Ο Κόρεϊ σκύβει και ακουμπάει το αυτί του στο χλιαρό στήθος του Νέιθαν.

Καμία άνοδος ή πτώση. Κανένας απολύτως ήχος.

Σκουπίζοντας το στόμα του με το χέρι που δεν χρησιμοποίησε για να ελέγξει τον σφυγμό του Νέιθαν, ξεφυσάει, σκεπτόμενος τις επιλογές του. Η καλύτερη δυνατή πορεία είναι να τρίψει τα περισσότερα πράγματα που θα άγγιζε καθημερινά, όπως τα πόμολα, τους πάγκους, τα πιάτα και τα ντουλάπια, και στη συνέχεια να τηλεφωνήσει ως ενδιαφερόμενος πολίτης του κτιρίου. Για καλή του τύχη, ο κύριος Ναρτζ από απέναντι τηλεφωνεί για τον Νέιτ όλη την ώρα που είναι στη δουλειά. Επίσης, δεν έχει ιδέα ότι ο Κόρι μένει εκεί.

Αφού σκουπίσει τα πάντα, ανοίγει και κλείνει την

εξώπορτα με ένα πανί, κατεβαίνει κάτω και τηλεφωνεί με την καλύτερη δυνατή φωνή του.

Λίγα λεπτά αργότερα, η κλήση έρχεται μέσω των επικοινωνιών και ο Κόρι την αναχαιτίζει, περιμένοντας λίγα λεπτά πριν επιστρέψει στο εσωτερικό. Μόλις μπει μέσα, χρησιμοποιεί την επικοινωνία για να καλέσει τον κωδικό για τον θάνατο ενός πρεζάκια.

Οι πανεπιστημιακοί και οι ιατροδικαστές βγαίνουν έξω, βγάζουν φωτογραφίες και συλλέγουν στοιχεία από το δωμάτιο, αλλά δεν πηγαίνουν πουθενά αλλού στο διαμέρισμα. Η υπόθεση άνοιξε και έκλεισε.

Απλό.

Ο Κόρεϊ, από την άλλη πλευρά, παλεύει να διατηρήσει την ψυχραιμία του. Στην πραγματικότητα συμπαθούσε τον Νέιτ, και τα καγχαστικά συλλυπητήρια των συναδέλφων του αυξάνουν τις ενοχές του για τη συγκάλυψη.

ΚΕΦΑΛΑΙΟ ΈΚΤΟ

Σαρλότ, Βόρεια Καρολίνα

Η Ντορίν μπαίνει στο στούντιο διαμέρισμά της, αφήνει την αλληλογραφία στον πάγκο και βάζει τα κλειδιά της στο μπολ δίπλα στην πόρτα. Βγάζοντας τα παπούτσια της, πηγαίνει στην κουζίνα και φτιάχνει ένα ποτήρι νερό. Ενώ πίνει το νερό της, μια λάμψη τραβάει το βλέμμα της. Σμιλεύοντας τα φρύδια της, κινείται προς τη στοίβα με την αλληλογραφία, απλώνοντάς την όλη. Στη μέση της στοίβας βρίσκεται ένας λεπτός, γυαλιστερός χρυσός φάκελος με τη διεύθυνσή της σε κυλιόμενη γραφή, αλλά χωρίς διεύθυνση επιστροφής. Ανοίγοντάς τον, βγάζει ένα απλό φύλλο από βαρύ χαρτόνι με χρυσές ανταύγειες και ανάγλυφο μαύρο. Με μεγάλη έντονη γραφή γράφει τις λέξεις: "Ο πατέρας μου, ο πατέρας μου, ο πατέρας μου, ο πατέρας μου:

Συγχαρητήρια στον τυχερό νικητή αυτής της Χρυσής Πρόσκλησης!

Φορέστε μια στολή της επιλογής σας. Αυτό που δεν μπορεί να δείξει κανένα μέρος της αληθινής σας ταυτότητας.

Δημιουργήστε μια περσόνα γύρω από αυτό το

κοστούμι. Ένα ανόητο που κανείς δεν θα μπορούσε να σε μαντέψει αν σε γνώριζε.

Επιμείνετε στην περσόνα, μην αποκαλύπτοντας τίποτα για τον πραγματικό σας εαυτό, διαφορετικά χάνετε τα δικαιώματά σας στο παιχνίδι και έτσι θα σας σταλούν στο σπίτι.

Χωρίς αντικαταστάσεις. Εάν δεν έρθετε με έγκυρη ταυτότητα για να αποδείξετε τον εαυτό σας στην πόρτα, χάνετε.

Πρέπει να έχετε την πρόσκληση μαζί σας, διαφορετικά θα χάσετε.

Μόλις λάβετε την πρόσκλησή σας, μην το πείτε στον Τύπο ή σε κανέναν άλλο.

Επισυνάπτονται συγκεκριμένες λεπτομέρειες για τη βραδινή σας μεταφορά.

Η Ντορίν ανασηκώνει τα χείλη της, γυρνώντας την κάρτα σε μια κενή και χτυπημένη χρυσή πλάτη. Αναποδογυρίζοντάς την όρθια, χαμογελάει. Αρπάζει το τηλέφωνό της, στέλνει στη Μάρσι τα καλά νέα και στη συνέχεια, με τη βοήθειά της, ξεκινά να βρει το καλύτερο κοστούμι.

———

Σάντα Φε, Νέο Μεξικό

Η Μπρέντα κάθεται μπροστά από τις οθόνες της, πατώντας το χειριστήριο και πυροβολώντας το Halo.

Ένα χτύπημα έρχεται από την άλλη άκρη του δωματίου, χτυπώντας το ένα της αυτί χωρίς το ακουστικό των ακουστικών να το ακουμπάει.

Μη θέλοντας να πάρει τα μάτια της από το παιχνίδι, το αγνοεί μέχρι που ένα σωρό φάκελοι αρχίζουν να πέφτουν στο πάτωμα στη βάση της εξώπορτας. Γυρνώντας τα μάτια της, η Μπρέντα διακόπτει το παιχνίδι, χτυπώντας τα ακουστικά της στο κάθισμά της, και πηγαίνει προς τη στοίβα με τα διάσπαρτα γράμματα. Ξεφυλλίζοντας την παράξενα μεγάλη στοίβα, ένας χρυσός φάκελος τραβάει το βλέμμα της. Τα μάτια της ανοίγουν, η καρδιά της χτυπάει γρήγορα καθώς τον ανοίγει, βγάζει το χαρτάκι και διαβάζει τις λέξεις και τις οδηγίες. Αναπηδώντας στη θέση της, τινάζεται ακίνητη, κοιτάζοντας το κενό ανάμεσα σε εκείνη και το υπόλοιπο δωμάτιο, και στη συνέχεια εγκαταλείπει το παιχνίδι της για τις προτάσεις κοστουμιών της Google.

———

Γέφυρα Μπροξ, Λουιζιάνα

Ο Χιου πέφτει από τον καναπέ στο λεκιασμένο χαλί κάτω. Τα μπουκάλια μπύρας κροταλίζουν το ένα πάνω στο άλλο καθώς τα χτυπάει, κάνοντας ό,τι μπορεί για να σηκωθεί.

Τρίβοντας την παλάμη του πάνω στα μάτια του, μουρμουρίζει στον εαυτό του: "Στοίχημα ότι αν δεν είχα χάσει το τελευταίο τουρνουά θα έπινα Mai Tais στο Μεξικό τώρα αντί για μπαγιάτικη μπύρα σε αυτό το αχούρι". Γελάει, αφήνοντάς το να μετατραπεί σε ένα θλιμμένο χαχανητό καθώς σκουπίζει το ίδιο χέρι στο πρόσωπό του. "Αχ, Χιου, τι άφησες να συμβεί στον εαυτό σου;" Ξεφυσώντας, αναγκάζει τον εαυτό του να σταθεί όρθιος, να τσαλαβουτήσει στο χαλί και να φορέσει ένα παντελόνι.

Μετά από λίγα λεπτά αφύπνισης, ο Χιου κατεβαίνει τις σκάλες και πηγαίνει στο γραμματοκιβώτιό του. Γυρνώντας το κλειδί, το ανοίγει και βλέπει μία και μοναδική παράδοση.

Ένας χρυσός φάκελος.

Η καρδιά του χτυπάει δυνατά, ρίχνει μια ματιά γύρω του, πριν βγάλει το χαρτί από την τσάντα και το διαβάσει, γρυλίζει και βογκάει. "Πρέπει πραγματικά να φορέσω κοστούμι;" Ξεφυσώντας, γνέφει. "Είναι εκατό χιλιάδες δολάρια, Χιου, μπορείς να ντυθείς για μια νύχτα. Ίσως να υπάρχει και μια καυτή γκόμενα εκεί". Χαμογελώντας στον εαυτό του, χτυπάει το γράμμα στο χέρι του και τρέχει επάνω να ντυθεί.

Αν πρόκειται να μεταμφιεστεί, πρέπει να βρει ένα καλό κοστούμι, και το μόνο μέρος με δωρεάν υπολογιστές είναι η βιβλιοθήκη.

———

Λαρέντο, Τέξας

Ο Τζεμπ καταβροχθίζει ένα τεράστιο μπιφτέκι, κομμάτια του οποίου πέφτουν στο πιάτο του.

Ο Κικ μπαίνει μέσα στο δωμάτιο, χτυπάει το χέρι του στο τραπέζι δίπλα στον Jeb και χαμογελάει με ένα τεράστιο χαμόγελο.

Ο Τζεμπ σταματά να τρώει στη μέση της μάσησης και ανασηκώνει το φρύδι του.

Ο Κικ αφαιρεί το χέρι του, αποκαλύπτοντας την πρόσκληση. "Τα κατάφερες, φίλε! Τα κατάφερες!" Χαμογελώντας ακόμα, χτυπάει την πλάτη του χεριού του στον ώμο του Τζεμπ.

Ο Τζεμπ αφήνει το μπέργκερ του, παίρνει το γράμμα και το διαβάζει με μια γκριμάτσα. "Λέει ότι πρέπει να ντυθώ και να φτιάξω αυτή την ψεύτικη ταυτότητα". Κουνώντας το κεφάλι του, το επιστρέφει. "Αυτό δεν υπήρχε στην πρώτη περιγραφή, και δεν κάνω μεταμφιέσεις". Κουνώντας και πάλι το κεφάλι του, παίρνει το μπέργκερ του, δαγκώνοντας μια τεράστια μπουκιά.

Ο Κικ γουρλώνει τα μάτια του, αφήνοντας την πρόσκληση πίσω στο τραπέζι. "Φίλε, σκέψου τα λεφτά. Μπορείς να ανεχτείς αυτές τις μαλακίες για μια νύχτα". Σηκώνει ένα δάχτυλο, σκύβοντας πιο κοντά του, και κουνάει το δάχτυλο.

Ο Τζεμπ τον κοιτάζει στα μάτια για αρκετά δευτερόλεπτα και μετά ξεφυσάει, γουρλώνοντας τα μάτια του. "Ωραία!" Καταπίνει. "Αλλά κάνε το καλά-αν είναι να κάνω αυτή τη μαλακία, δεν μπορεί να είναι μισή". Απομακρύνει τον Κικ. "Τώρα άσε με να τελειώσω το γεύμα μου. " Σκύβοντας, μασάει με το στόμα ανοιχτό μέχρι να φύγει ο Κικ εξακολουθώντας να χαμογελάει.

Μαϊάμι, Φλόριντα

Μπαίνοντας στη δουλειά, η Μίκου σταματά στο γραμματοκιβώτιό της στον πρώτο όροφο. Αφήνοντας κάτω τον χαρτοφύλακά της, ξεκλειδώνει τη μικρή πόρτα και βγάζει έξω την παχιά στοίβα.

Εκεί, ανάμεσα στα στενά λευκά, βρίσκεται ο φαρδύς και χρυσός φάκελος.

Η Μίκου ρίχνει μια ματιά γύρω της, μασώντας το κάτω χείλος της, και βγάζει το γράμμα. Τα μάτια της διευρύνονται καθώς το διαβάζει. Κοιτάζοντας γύρω της άλλη μια φορά, ανοίγει τον χαρτοφύλακά της και το βάζει μέσα.

Αργότερα εκείνο το βράδυ, όταν επιστρέφει στο σπίτι, η Πωλίνα υποδέχεται τη Μίκου στην πόρτα με ένα τεράστιο χαμόγελο στο πρόσωπό της. "Δεν θα μαντέψετε ποτέ τι πήρα σήμερα με το ταχυδρομείο!" Κρατάει τα χέρια της πίσω της, λικνιζόμενη από ενθουσιασμό.

Η Μίκου χαμογελάει. "Αν είναι κάτι σαν αυτό που έχω στη δουλειά, τότε ίσως ξέρω ακριβώς τι έχεις εσύ". Ανοίγει τον χαρτοφύλακά της. "Εμφάνιση με το τρία". Παρακολουθεί την Πωλίνα να γνέφει. "Ένα, δύο, τρία." Σκίζει το γράμμα από τη θήκη, αφήνοντας το βαρύ δέρμα να πέσει στο πάτωμα.

Και οι δύο γυναίκες κρατούν πανομοιότυπα γράμματα.

Η Πωλίνα βγάζει μια κραυγή, και στη συνέχεια, εξίσου γρήγορα, συγκεντρώνεται.

Η Μίκου χαμογελάει, τα παπούτσια της κροταλίζουν καθώς την πλησιάζει και φιλάει τα χείλη της Πωλίνα. "Φαίνεται ότι θα χρειαστούμε κοστούμια και περσόνες". Τεντώνοντας ένα φρύδι, της δίνει άλλο ένα φιλάκι.

———

Νιούπορτ, Ρόουντ Άιλαντ

Η Μέριεν απομακρύνεται από τον υπερμεγέθη και υπερβολικά ηλεκτρονικό διάδρομο, παρακολουθώντας την γιγαντοοθόνη στην οποία είναι συνδεδεμένη με Bluetooth στην άλλη άκρη του δωματίου. Η θέα στην πλαγιά του βουνού την έχει βάλει να τρέχει σε ένα μονοπάτι ως δροσιά για την προπόνησή της.

Το κουδούνι της πόρτας χτυπάει.

Η Μέριεν παίρνει μια βαθιά ανάσα και φωνάζει: "Μπρουνχίλντα! Ανοίγεις την πόρτα;" Περιμένει μια απάντηση.

Τίποτα.

Γρυλίζοντας στον εαυτό της, η Μέριεν φωνάζει πιο δυνατά: "Μπρουνχίλντα!" Γκρινιάζοντας στην έλλειψη απάντησης, διακόπτει το μηχάνημα, αρπάζει μια πετσέτα και κατευθύνεται προς την εξώπορτα με το στενό παντελόνι γιόγκα και το μπλουζάκι της.

Στην πόρτα, ένας ταχυδρόμος περιμένει με ένα πακέτο και φακέλους στο χέρι.

Η Μέριεν ανοίγει την πόρτα μια χαραμάδα,

στρέφοντας το φρύδι της στον άντρα, και μετά συνειδητοποιεί πόσο χαριτωμένος είναι και ανοίγει την πόρτα μέχρι τέρμα. "Μπορώ να σας βοηθήσω;" Του χαρίζει το καλύτερο χαμόγελό της, κοιτάζοντας χωρίς ντροπή το γυμνασμένο και σφριγηλό κορμί του.

Ο ταχυδρόμος καθαρίζει το λαιμό του, ρίχνοντας μια γρήγορη ματιά πάνω της. "Έχω ένα πακέτο για να υπογράψετε". Της δίνει το τούβλο ενός ηλεκτρονικού υπογραφικού μπλοκ με ένα γρήγορο χαμόγελο.

Καθ' όλη τη διάρκεια που υπογράφει, η Μέριεν δεν διακόπτει ποτέ την οπτική επαφή με τα μάτια της ούτε χάνει το χαμόγελό της. "Ευχαριστώ." Γλείφοντας τα χείλη της, αφήνει έναν βουρκωμένο αναστεναγμό.

Η ταχυδρόμος γελάει, παίρνει πίσω το τούβλο και το ανταλλάσσει με την αλληλογραφία της. "Καλή σας μέρα, κυρία μου". Γνέφοντας μια φορά, γυρίζει προς το φορτηγό του.

Η Μέριεν παρακολουθεί τον σφιχτό του κώλο καθώς απομακρύνεται. "Κι εσύ!" Απομακρύνεται από την πόρτα, την κλείνει πίσω της και ξεφυλλίζει την αλληλογραφία.

Στο τέταρτο πιάσιμο, ο χρυσός φάκελος τη σταματάει.

Η Μέριεν το ανοίγει, βγάζει το γράμμα από μέσα και το διαβάζει. Τα μάτια της ανοίγουν, και ένα πονηρό χαμόγελο απλώνεται στο πρόσωπό της.

———

Νέα Υόρκη, Νέα Υόρκη

Ο Τάιλερ κάθεται στο τραπέζι της τραπεζαρίας του -που είναι και χώρος εργασίας- και χτυπάει το κεφάλι του στο ξύλο με τα δάχτυλά του δεμένα στο λαιμό του. "Χρειάζομαι έναν αντιπερισπασμό". Σηκώνεται, περιπλανιέται στην κουζίνα, μετά στο σαλόνι και μετά αποφασίζει να κατέβει κάτω.

Ενώ βρίσκεται κάτω στο λόμπι της πολυκατοικίας, οι περαστικοί εφιστούν την προσοχή του Τάιλερ στα γραμματοκιβώτια απέναντι. Δεν θα έβλαπτε να το ελέγξει. Δεν υπάρχει περίπτωση να κέρδισε, όμως. Ξεκλειδώνοντας το γραμματοκιβώτιό του, ανοιγοκλείνει τη μικρή πόρτα και σταματάει νεκρός.

Μέσα βρίσκεται ένας λαμπερός χρυσός φάκελος.

Ο Τάιλερ κουνάει το κεφάλι του, εκπνέοντας τα λόγια του. "Αποκλείεται." Πιάνοντας το χέρι του μέσα, βγάζει το φάκελο, τον ξεφλουδίζει και αφήνει το γράμμα ελεύθερο. "Δεν μπορεί να συμβαίνει αυτό". Η καρδιά του χτυπάει δυνατά στα αυτιά του και το στόμα του στεγνώνει, καθώς βγάζει ένα τσιριχτό χαχανητό στον εαυτό του. "Τι;" Διαβάζοντάς το ξανά, σκουπίζει το στόμα του, γουρλώνοντας τα μάτια του. "Μάλλον πρέπει να βρω ένα κοστούμι, αλλά τι θα μπορούσε να είναι;" Ξεφυσώντας, βάζει το γράμμα κάτω από το πουκάμισό του, τρέχει επάνω και ψάχνει να βρει πώς να κάνει αποκριάτικο μακιγιάζ για χαζούς.

Άσπεν, Κολοράντο

Ο Μπλέικ ανοίγει την πόρτα του διαμερίσματός του, έχοντας επιστρέψει από την Ιταλία. Ρίχνοντας τις αποσκευές του κοντά στην πόρτα, γλιστράει και αρπάζεται από το κάδρο.

Φάκελοι γλιστρούν κάτω από το πόδι του στο πλακάκι.

Γυρίζοντας τα μάτια του, ο Μπλέικ γκρινιάζει κάτω από την αναπνοή του: "Καταραμένοι ταχυδρόμοι, δεν μπορούν να χρησιμοποιήσουν το κουτί μου όπως οι κανονικοί μεταφορείς;" Γκρινιάζοντας, μαζεύει την αλληλογραφία, σταματώντας σε μια συγκεκριμένη.

Ο χρυσός φάκελος λάμπει στο κίτρινο φως του διαδρόμου του.

Ο Μπλέικ φέρνει τον φάκελο στο πρόσωπό του, τον κοιτάζει, αλλά δεν έχει διεύθυνση επιστροφής. Στη συνέχεια, τον ανοίγει με ένα χαρτοκόπτη και βγάζει το χαρτόνι από τα δεσμά του.

Διαβάζοντάς το, ο Μπλέικ καγχάζει. "Αυτό θα είναι πανεύκολο. Οι περσόνες είναι η ειδικότητά μου". Χασκογελώντας ακόμα περισσότερο, αφήνει το γράμμα κάτω και κατευθύνεται προς την ντουλάπα του.

———

Παραλία Ρεντόντο, Καλιφόρνια

Η Κόρι κινείται μέσα στο διαμέρισμα σιωπηλά. Η ανάμνηση του Νέιθαν νεκρού στο κρεβάτι του τον στοιχειώνει. Δεν κοιμάται καλά. Καθώς φεύγει για τη δουλειά, σταματάει στο γραμματοκιβώτιο μήπως και κάποιος δεν έχει πάρει τα νέα για το θάνατο του Νέιθαν. Ανοίγοντας την πόρτα, κοιτάζει το μοναδικό ταχυδρομείο. Βγάζει από το κουτί τον φάκελο με το όνομα του Νέιθαν, τον γυρίζει, ξεκολλάει το πτερύγιο και βγάζει το γράμμα. Διαβάζοντάς το, μασάει το κάτω χείλος του, καταπολεμώντας τον πόνο και τις ενοχές. Σταματώντας για μια στιγμή, χτυπάει το γράμμα και το φάκελο στο χέρι του.

Ο Νέιτ θα του έλεγε να φύγει. Θα έλεγε ότι αυτή είναι μια μεγάλη ευκαιρία γι' αυτόν.

Αν ο Νέιτ ήταν ακόμα εδώ, ο Κόρεϊ θα πήγαινε μόνο και μόνο για να πάρει τα χρήματα που θα τον βοηθούσαν να καθαρίσει για τα καλά, αλλά αυτό το όνειρο έχει χαθεί. Τώρα τα χρήματα θα ήταν μια πιο καθαρή, πιο φρέσκια αρχή κάπου αλλού. Ίσως κάπου σε μια πιο ήσυχη, μικρότερη πόλη.

Ο Κόρι βάζει το γράμμα στο σακάκι της στολής του, μπαίνει στο περιπολικό του και σταματά στη δική του ταχυδρομική θυρίδα για καλό σκοπό. Ανοίγοντάς την, δεν βρίσκει τίποτα περισσότερο από λογαριασμούς και διαφημίσεις. Το στομάχι του ανατριχιάζει, αλλά καταπίνει τις ενοχές, παίρνει το γράμμα και ξεκινά να σχεδιάζει ένα ανόητο κοστούμι, όπως του λέει.

ΚΕΦΑΛΑΙΟ ΕΠΤΑ

Στη μέση του πουθενά, στο Μισισιπή:

Μια σειρά από μαύρες λιμουζίνες κατευθύνεται προς ένα μάλλον μεγάλο σπίτι με συρματόπλεγμα, χαλίκι και πολλά χορταριασμένα βοσκοτόπια. Κάθε λιμουζίνα σταματά σε μια γραμμή κατά μήκος των σκαλοπατιών που οδηγούν στην τσιμεντένια μπροστινή βεράντα ενός μεγάλου, κυρίως τούβλινου, τριώροφου λευκού σπιτιού που μοιάζει με φυτεία. Πολλαπλές καμάρες στέκονται μπροστά από τεράστια παράθυρα και μια τεράστια μαύρη διπλή μπροστινή πόρτα.

Τα φώτα αναβοσβήνουν από μέσα.

Οι ασορτί καμάρες των δύο ανώτερων μπαλκονιών προστατεύουν περισσότερα παράθυρα.

Περισσότερες λάμψεις.

Μια κραυγή ακούγεται από μέσα.

Κάθε οδηγός βγαίνει από τη λιμουζίνα του και στέκεται στην πόρτα του ναύλου του, ένας ένας.

Από την πρώτη λιμουζίνα ξεπροβάλλει ένα μεταλλικό καυτό ροζ στιλέτο και ένα μαυρισμένο πόδι. Το τακούνι σκάβει στο χαλίκι, κάνοντάς το να τρίζει. Βγαίνοντας από το πίσω κάθισμα, η ασορτί μίνι φούστα της αστράφτει κυματιστά πάνω στις καμπύλες της, καθώς το στενό ύφασμα κολλάει ένα τέταρτο κάτω από τους γοφούς της. Στέκεται όρθια, ανεβάζει το λευκό σωληνάκι της, αναπηδώντας το στήθος της μεγέθους D πίσω από το μεγάλο ροζ μονόπετρο της Μπάρμπι, και χαχανίζει καθώς θαυμάζει το σπίτι.

Η οδηγός κλείνει την πόρτα της με ένα δυνατό κλικ.

Πηδώντας λίγο, η Μπάρμπι βάζει τρεμάμενα δάχτυλα στα υπερβολικά πειραγμένα ξανθά μαλλιά της και του ρίχνει ένα καυτό ροζ χαμόγελο. "Συγγνώμη, δεν κάνω συχνά τρομακτικές κινήσεις". Αφήνοντας ένα λαχανιασμένο γέλιο, στρέφεται προς το σπίτι και μουρμουρίζει: "Δεν θα μπορούσες να διαλέξεις ένα πιο χωριάτικο σπίτι για να με γαμήσεις;" Τραβώντας το καυτό ροζ σακάκι μηχανόβιου στους ώμους της, κάθε της βήμα τρέμει και ταλαντεύεται καθώς τσακίζει προς τη βεράντα.

Από τη δεύτερη λιμουζίνα ξεπροβάλλει ένα μαύρο παπούτσι που πατάει στο χαλίκι, κινούμενο μπρος-πίσω καθώς το υπόλοιπο μέρος του ακολουθεί. Στέκεται όρθιος, ρυθμίζει το παπιγιόν του, ισιώνει το πέτο του σμόκιν και κοιτάζει γύρω του.

Η Μπάρμπι αφήνει ένα γρύλισμα, χαμογελώντας προς το μέρος του. "Φαίνεσαι σέξι, κ. Σκελετάνθρωπε". Τον κοιτάζει από πάνω προς τα κάτω, γλείφοντας την άκρη του άνω χείλους της.

Ο κύριος Σκελετός χαμογελάει κάτω από το παχύ ασπρόμαυρο μακιγιάζ του και αρθρώνει ένα φρύδι προς το μέρος της. "Φαίνεσαι πολύ απολαυστικός και εσύ, Μπάρμπι". Σκύβοντας λίγο πιο πέρα, τα μάτια του διατρέχουν από τα γυμνασμένα πόδια της, τον σφιχτό κώλο της, το εκτεθειμένο, μαυρισμένο και γυμνασμένο στομάχι και στήθος της, μέχρι τους γυμνούς μαυρισμένους ώμους της.

Η Μπάρμπι δαγκώνει τη γλώσσα της, αφήνοντας

ένα γρήγορο γέλιο, και στη συνέχεια κοιτάζει την επόμενη λιμουζίνα, τραβώντας την προσοχή του και εκεί.

Από την τρίτη λιμουζίνα απλώνεται ένα βαθύ πράσινο τακούνι που συνδέεται με ένα πόδι με έντονο πράσινο κάλυμμα και οδηγεί προς ένα κορμάκι με φύλλα. Το κοστούμι καμπυλώνει και κρατάει σφιχτά σε ένα μάλλον καμπυλωτό μπούστο. Τα κόκκινα μαλλιά πέφτουν πάνω στους χλωμούς ώμους, αναμειγνύονται με τα αμπέλια που περιβάλλουν τα λεπτά χέρια μέχρι τα πράσινα νύχια. Μια μάσκα από αμπέλια περιβάλλει τα μάτια με πορτοκαλί και ροζ σκιά και οδηγεί στα μαλλιά της.

Ο κ. Σκελετός σφυρίζει. "Γαμώτο, Ιβι!" Γυρίζει λίγο, γνέφοντας στην Μπάρμπι. "Πιστεύω ότι έχεις ανταγωνισμό". Γελώντας, της κλείνει το μάτι, γυρνώντας πάλι προς το μέρος της, περνώντας ένα χέρι μέσα από τα πυκνά σκούρα μαλλιά.

Η Ιβι βουτάει με ένα χαχανητό, απλώνει τα χέρια της και του χαρίζει ένα μεγάλο χαμόγελο με κόκκινα χείλη. "Ευχαριστώ, αλλά έχω ήδη ραντεβού". Γυρνώντας, απλώνει το χέρι της.

Ένα χέρι με μαύρα γάντια πιάνει το δικό της, και ένα μικρότερο κομμάτι καμπύλης αναδύεται σε ένα ωραίο περιτύλιγμα από γυαλιστερό μαύρο δέρμα από το λαιμό μέχρι τα δάχτυλα των ποδιών. Οι φτέρνες της σκάβουν στο χαλίκι. Το φωτεινό ασημένιο φερμουάρ ανοίγει μέχρι τη μέση της κοιλιάς της. Τεντώνοντας ένα χέρι στη μαύρη μάσκα της, ρυθμίζει τα γατίσια αυτιά της, αναποδογυρίζοντας τα μαύρα μαλλιά της.

Ο κ. Σκελετός σφυρίζει. "Πάντα ήξερα ότι υπήρχε κάτι μεταξύ της Ιβι και της Σελίνα. Σελίνα Μμμ, μμμ, μμμμ..." Κουνώντας το κεφάλι του, στρέφεται προς την Μπάρμπι.

Η Μπάρμπι μετατοπίζει το βάρος της πάνω στις πέτρες, τις τσακίζει και κοιτάζει τα νύχια της.

Η Σελίνα ρίχνει το μαστίγιο της και τον πλησιάζει με τα νύχια της με ένα παιχνιδιάρικο σφύριγμα. "Και μην σου μπαίνουν ιδέες για τρίο, κύριε..." Απομακρυνόμενη από το αυτοκίνητο, στριφογυρίζει το χέρι της στον αέρα.

Ο κ. Σκελετός γυρίζει απότομα στις φτέρνες του, δείχνοντας πίσω του. "Ω, η άλλη πολύ όμορφη κυρία με ονόμασε κ. Σκελετόνθρωπο, και μου αρέσει πολύ". Γυρνώντας πίσω, χαμογελάει, βάζοντας το χέρι στο στήθος του.

Εκείνη τη στιγμή, η τέταρτη πόρτα της λιμουζίνας ανοίγει και μια τεράστια μαύρη μπότα χτυπάει στο χαλίκι, σπρώχνοντας τις πέτρες στο πλάι. Ένα μεγάλο κόκκινο χέρι πιάνει την πάνω άκρη της πόρτας, κρατώντας την σφιχτά, και η λιμουζίνα τρίζει καθώς το βάρος της μετατοπίζεται. Το επόμενο μέρος που βγαίνει στην επιφάνεια είναι γλιστερά μαύρα μαλλιά, σπασμένα και λιμαρισμένα κόκκινα κέρατα και ένα αναμμένο πούρο που προεξέχει από ένα κόκκινο μειδίαμα. Κάνοντας μερικά βήματα μπροστά, χτυπάει μια γιγάντια πέτρινη γροθιά στον ώμο του οδηγού με ένα γρύλισμα και προσαρμόζει την χακί καμπαρντίνα του.

Τα μάτια της Μπάρμπι ανοίγουν και τσιρίζει, δαγκώνοντας το κάτω χείλος της.

Η Σελίνα ρίχνει το μαστίγιο της στο πόδι του, αφήνοντάς το να χτυπήσει δυνατά, και όλοι αναπηδούν. "Ωραία επιλογή, Ρεντ, αλλά η DC είναι καλύτερη". Χαμογελώντας, του κλείνει το μάτι, τυλίγει το μαστίγιο της και το βάζει στο γοφό της.

Ο Ρεντ καγχάζει, τραβώντας το πούρο από τα δόντια του. "Ευχαριστώ, γλυκιά μου, αλλά όπως και οι εκδότες μου, προτιμώ τα σκοτεινά άλογα". Κινούμενος προς το μέρος τους, η ουρά γλιστράει και αναπηδά πάνω στους βράχους, κυλώντας τους γύρω-γύρω.

Όλοι χασκογελούν και χαχανίζουν μέχρι που

ανοίγει η διπλανή πόρτα και όλοι στρέφονται προς το αυτοκίνητο.

Ένα λαμπερό κόκκινο παπούτσι του φορέματος χτυπάει στα βράχια με το άλλο να ακολουθεί. Τριγυρνώντας από το αυτοκίνητο, μια ελαφριά θολούρα από κίτρινο, κόκκινο και λευκό στροβιλίζεται προς τα εμπρός σε ένα είδος βαλς, μέχρι που όλα σταματούν, δείχνοντας με το δάχτυλο την Ιβι. Στέκεται όρθιος, περνάει ένα λευκό χέρι μέσα από τα μακριά πυκνά κόκκινα μαλλιά, χαρίζοντάς της ένα χαμόγελο μέσα από το μουτζουρωμένο κόκκινο μακιγιάζ. Της κλείνει το μάτι μέσα από την πασαλειμμένη μαύρη σκιά των ματιών, απλώνει το χέρι του και υποκλίνεται προς το μέρος της. Το βρώμικο κόκκινο και άσπρο ριγέ μανίκι του ανεβαίνει λίγο πάνω στα χέρια του, αποκαλύπτοντας το κοντάκι ενός μαχαιριού.

Όλοι οπισθοχωρούν μερικά βήματα, βγάζοντας πνιγμένα ουρλιαχτά.

Ο Κόκκινος στέκεται όρθιος, υποκλίνοντας το μεγάλο του στήθος, και του δείχνει ένα πέτρινο δάχτυλο. "Έι, ΜακΤζόκερ, άσε με ήσυχο, ανατριχιαστικό κάθαρμα." Κάνοντας ένα βήμα προς το μέρος του, μαζεύει τις γροθιές του και τον κοιτάζει επίμονα.

Ο πράσινου, στρατιωτικού σορτς της. Μακτζόκερ στέκεται όρθιος, γέρνει λίγο προς τα πίσω και απλώνει τα χέρια του σε κάθε πλευρά, καθώς βγάζει ένα τσιριχτό γέλιο. "Θα το ήθελα πολύ, μεγάλε, αλλά βλέπεις, το θέμα είναι..." Κάνει μια παύση, αγκιστρώνοντας τον καθένα από αυτούς για κλάσματα του δευτερολέπτου. "Απλά δεν θέλω να το κάνω!" Πηγαίνοντας σε έναν άλλο χορό, χοροπηδάει και βγάζει τρελά γέλια.

Ο Ρεντ κάνει μερικά ακόμα βήματα, αρπάζει το λαιμό του Μακτζόκερ και τον σηκώνει στον αέρα, ενώ η Μπάρμπι βγάζει ένα ουρλιαχτό. "Έχεις φρικάρει τις γυναίκες, φίλε. Κόφ' το, γαμώτο". Κλείνοντας το μάτι, τον ρίχνει στο χαλίκι.

Ο ΜακΤζόκερ βήχει, βγάζει πνιχτά ένα γέλιο και σηκώνεται όρθιος. "Καλά, απλά ακολουθούσα τους κανόνες". Περνώντας την άκρη της γλώσσας του στην άκρη των δοντιών του, ισιώνει τα μαλλιά του και ρυθμίζει το κίτρινο γιλέκο του.

Η Σελίνα χαμογελάει. "Καλό, Ρεντ". Χασκογελώντας περισσότερο, τους οδηγεί προς την Μπάρμπι.

Η πόρτα του επόμενου αυτοκινήτου ανοίγει και όλοι γυρίζουν.

Ένα ζευγάρι μαυρισμένες μπότες προεξέχουν, ένα ζευγάρι χέρια πιάνουν την πάνω άκρη του πλαισίου της πόρτας και ένας μελαχρινός τύπος βγαίνει έξω, προσγειώνεται με δύναμη στο χαλίκι. Το κοντό χακί σορτσάκι του σφίγγει σφιχτά στους μηρούς, τον κώλο και τον καβάλο του, ανεβαίνοντας καθώς περπατάει. Πιάνοντας τον γιακά του σκούρου καφέ σακακιού του πολιτειακού αστυνομικού, το πετάει μπροστά, αφήνοντας τα δάχτυλά του να τους βεντάρουν όλους.

Τα κορίτσια χαχανίζουν, χαμογελώντας του, και τα αγόρια βογκούν καθώς γουρλώνουν τα μάτια τους και κουνάνε τα κεφάλια τους.

Ρυθμίζοντας τα γυαλιά ηλίου του, χαϊδεύει το μαύρο μουστάκι του και στη συνέχεια κοιτάζει την Μπάρμπι. "Γεια σας, κυρία Κούκλα". Της αναβοσβήνει ένα λαμπερό λευκό χαμόγελο και της στέλνει ένα φιλί.

Η Μπάρμπι χαμογελάει. "Συγγνώμη, γλυκιά μου, δεν μου αρέσουν οι άντρες που είναι πιο ωραίοι με σορτσάκι από μένα". Χασκογελώντας, μετατοπίζει το βάρος της με τα χέρια της στους γοφούς της. "Και νομίζω ότι έτσι θα σε αποκαλώ. Mr. Μπουτισορτς". Κουνώντας το κεφάλι μερικές φορές, χτυπάει τα μαλλιά της, κυλώντας τη γλώσσα της κατά μήκος του στόματός της.

Ο κ. Μπουτισορτς βάζει τα χέρια του στους γοφούς του, μετατοπίζοντας πολύ το βάρος του. "Λοιπόν, κυρία μου, με έχουν αποκαλέσει πολύ χειρότερα". Αφήνοντας ένα υπερβολικά υπερβολικό αναπνευστικό γέλιο, στρέφεται προς τους άλλους.

Η διπλανή πόρτα ανοίγει, τραβώντας την προσοχή όλων.

Βγαίνει ένα αστραφτερό μεταλλικό ασημένιο μικροσκοπικό cyborg με καρφιά σε κάθε καμπύλη, κοντά ξανθά μαλλιά σε δύο κοντές κυματιστές κοτσίδες και μια ασημένια μάσκα προσώπου που θα σταματούσε την καρδιά οποιουδήποτε άντρα. Προχωρώντας προς το μέρος τους, τα γρανάζια στις αρθρώσεις της φεύγουν και ζουζουνίζουν σαν να είναι όντως φτιαγμένη από μηχανικά μέρη.

Ο Μακτζόκερ χτυπάει το πίσω μέρος του χεριού του στο στήθος του Ρεντ, κόβοντας τα μάτια του προς το μέρος του, και της απευθύνεται. "Βρε, βρε, βρε... Τι έχουμε εδώ. Ένα ωραίο μικρό Ρομποτόλι". Χασκογελώντας, την πλησιάζει, περνώντας το πίσω μέρος των δαχτύλων του από το μάγουλό της.

Ανασηκώνοντας μια γροθιά, η Ρομποντόλι τον χτυπάει στο στομάχι, γέρνει το κεφάλι της καθώς αυτός πέφτει στο έδαφος και χαμογελάει, μιλώντας με αλλαγμένη φωνή. "Στα όνειρά σου, φιλαράκο ". Περνώντας πάνω από την κατάσταση που βρισκόταν με τις μπάλες του, τρέχει προς τους άλλους.

Ο ΜακΤζόκερ πετάει το κεφάλι του προς τα πίσω, με τα κόκκινα μαλλιά του να πετάγονται και γελάει. "Ω, γλυκιά μου, σχεδόν τόσο καλή όσο η μικρή μου Χάρλεϊ στο σπίτι". Γελώντας πιο δυνατά, σηκώνεται στα πόδια του.

Ανοίγει άλλη μια πόρτα αυτοκινήτου.

Βγαίνει με ξεθωριασμένα μαύρα παπούτσια, γκρι τουίντ παντελόνι, καφέ καρό γιλέκο και ένα μπλε κουμπωμένο παντελόνι με γυρισμένα μανίκια. Γυρίζει ένα γκρι τουίντ καπέλο του γκολφ, ρυθμίζει το όπλο και τις θήκες του και χαλαρώνει λίγο τη μαύρη γραβάτα του.

Όλοι κοιτούν επίμονα.

Χαϊδεύοντας τα λεπτά μαύρα γένια του, κοιτάζει τους πάντες και γνέφει. "Καλησπέρα, κύριοι, κυρίες." Πιάνοντας το γείσο του καπέλου του, το κουνάει σε κάθε κυρία. "Λοιπόν, τι συμβαίνει, φίλε;" Ανοίγοντας τα χέρια του, κάνει μερικά βήματα προς το μέρος τους.

Η Ιβι γελάει, κοιτάζοντάς τον. "Τι είσαι, κανένας μπάτσος;" Σταυρώνει τα χέρια της, και χαμογελάει με ένα καγχασμό.

Ο κ. Σκελετάνθρωπος Σκελετάνθρωπος γελάει, γνέφοντας. "Ναι, είναι... η Καζαμπλάνκα". Χασκογελώντας ξανά, χτυπάει την Καζαμπλάνκα στον ώμο. "Αυτό το όπλο είναι αληθινό;" Κλειδώνοντας τα μάτια μαζί του, εκλαμβάνει τη σιωπή ως όχι και τον οδηγεί προς το σπίτι.

Η Καζαμπλάνκα ακολουθεί, κοιτάζοντας την Μπάρμπι λίγο παραπάνω.

Η Μπάρμπι δαγκώνει το κάτω χείλος της, κοιτάζοντάς τον για την ίδια ώρα, αν όχι περισσότερο.

Ανοίγει η επόμενη λιμουζίνα.

Βγαίνει έξω μια ανοιχτόχρωμη γυναίκα με βρωμοκάλυψη, με μαυρισμένες μπότες που τρίβουν το χαλίκι καθώς κατευθύνεται προς το μέρος τους. Πετώντας μια μακριά μαύρη πλεξούδα από τον ώμο της, βάζει τα χέρια της χωρίς γάντια στους γοφούς της, ξύνοντας τα νύχια της πάνω στη δερμάτινη ζώνη όπλου που κάθεται στις θηλιές του στενού, πράσινου, στρατιωτικού σορτς της. Οι ιμάντες των όπλων πιέζουν τους μηρούς της καθώς κινείται. Ξύνοντας την κλείδα της, τα δάχτυλά της περνούν πάνω από τη βρώμικη γκρι δεξαμενή κάτω από τις άδειες μαύρες θήκες των όπλων.

Γυρνώντας απότομα, ο κ. Σκελετάνθρωπος κινείται ανάμεσα στον Ρεντ και τον Μακτζόκερ, βάζοντας τα χέρια του γύρω από τους ώμους τους. "Γαμώτο, αν βγει άλλη μια καυτή γκόμενα από τη λιμουζίνα, ίσως χρειαστεί να ρίξω νόμισμα για το ποιον θα κάνω πρώτο. Αλλά πρέπει να πω ότι η κυρία Κροφτ έχει καλές πιθανότητες για πρώτη. Ή μήπως θα την ήθελα τελευταία;" Χαϊδεύοντας τα χείλη του, γελάει και με τις δύο, χτυπώντας τους ώμους τους.

Η Λάρα χαμογελάει, οι μαύρες μουτζούρες απλώνονται, και τον πλησιάζει, αρπάζει το πηγούνι του και τον πιέζει δυνατά. "Αν ο πούτσος σου με πλησιάσει, θα σου λείψει πιο γρήγορα απ' ό,τι μπορείς να με αποχαιρετήσεις με ένα φιλί". Χαϊδεύοντας το μάγουλό του, του ρίχνει ένα φιλί και απομακρύνεται προς την Άιβι και τη Σελίνα.

Ο κ. Σκελετάνθρωπος γρυλίζει, φτύνει στο έδαφος και σκουπίζει τη στολή του. "Σκύλα." Γυρίζοντας τη γλώσσα του κατά μήκος του στόματός του, γυρίζει μακριά της.

Η τελευταία πόρτα της λιμουζίνας ανοίγει και όλοι μένουν ακίνητοι και ήσυχοι.

Μια μαύρη μπότα που φτάνει μέχρι το γόνατο και χτυπάει στα βράχια. Βγαίνει έξω μια ψηλή, μαυρισμένη φιγούρα με καφέ και κόκκινο ριγέ παντελόνι και ένα λευκό πουκάμισο με φουντωτό ύφασμα. Μακριά μαύρα μαλλιά κάτω από ένα κόκκινο κασκόλ σφιχτά δεμένο γύρω από το κεφάλι του. Ένα μαύρο καπέλο με μεγάλο γείσο και νεκροκεφαλή και σταυρωτά οστά κάθεται στην κορυφή όλων αυτών, σκιάζοντας ένα μαύρο δερμάτινο κάλυμμα στα μάτια. Με το μουτζουρωμένο μαύρο καλό μάτι, τους κοιτάζει πριν γυρίσει με το χέρι απλωμένο.

Ένα λεπτό, χλωμό χέρι γλιστράει στο δικό του, το πιάνει σφιχτά, και ένα σύνολο χλωμών ποδιών βγαίνει από την πόρτα. Τα γυμνά πόδια χτυπούν στο χαλίκι. Αστραφτερά μπλε λέπια και λαμπερά λευκά κόκαλα λάμπουν μέσα από τα κομμάτια δέρματος που λείπουν από τα πόδια της και καταλήγουν σε μια δικτυωτή φούστα. Κοχύλια κρέμονται από το δίχτυ, περικυκλώνοντας τους γοφούς της, και δύο μεγάλα κοχύλια καλύπτουν το μεγάλο χλωμό στήθος της. Από το λαιμό της προεξέχουν βράγχια, ενώ περισσότερα λέπια και οστά λάμπουν μέσα από τους ώμους και τα χέρια της. Τα διαπεραστικά κίτρινα μάτια κινούνται προς όλους, και τους χαμογελάει με φωτεινούς λευκούς κυνόδοντες.

Η Μπάρμπι μένει με το στόμα ανοιχτό. "Εντάξει, η Μικρή Γοργόνα και ο Πειρατής Έρικ της είναι μακράν τα καλύτερα κοστούμια". Κόβοντας το χέρι της στον αέρα, χλευάζει, κουνώντας τους το κεφάλι.

Η Μικρή Γοργόνα χαχανίζει. "Είσαι γλυκιά, Μπάρμπι, αλλά απ' ό,τι βλέπω εγώ, είμαστε όλοι πολύ φοβεροί. "

Καθώς ο καθένας από αυτούς φτάνει στο ανώτερο σκαλοπάτι της βεράντας, ένας ανιματρονικός μπάτλερ τους υποδέχεται, ζητώντας τους ταυτότητα και πρόσκληση. Μόλις βάλουν τις άδειες οδήγησης και τις προσκλήσεις τους στο δίσκο του, τις καίει σε στάχτη.

Και οι δώδεκα.

Μπαίνοντας στο σπίτι, όλοι κοιτάζουν γύρω τους, θαυμάζοντας τις αηδιαστικά φοβερές διακοσμήσεις. Το στροβοσκοπικό φως δίνει στα πάντα γύρω τους μια αποσπασματική και ασύνδετη αίσθηση, σαν κάθε στιγμή να χρειάζεται επιβεβαίωση. Ανατριχιαστικοί ήχοι έρχονται από κάθε κατεύθυνση. Ανιματρονικά χέρια απλώνονται, αρπάζοντας διάφορα σημεία τους, κάνοντάς τους να ουρλιάζουν και να πηδούν σε διαφορετικά χρονικά διαστήματα.

Ο κ. Σκελετός γελάει. "Αυτό είναι όλο; Αυτό είναι αδύναμο!" Αφήνει ένα τσιριχτό γέλιο.

Η Μπάρμπι χτυπάει το χέρι της στο χέρι του. "Κόφ' το, Σκέλι, δεν ξέρεις ότι αυτό είναι σαν να λες ότι δεν μπορεί να γίνει χειρότερα; " Τον κοιτάζει με έντονα μπλε μάτια με σκιές στα μάτια. "Θα μας γρουσουζέψεις". Σφίγγοντας τα δόντια της, βγάζει ένα ψηλόφωνο στρίγκλισμα.

Ο κ. Σκελετάνθρωπος γελάει, περνώντας ένα χέρι γύρω από τη μέση της. "Μπορείς πάντα να κολλάς πάνω μου, γλυκιά Μπαρμπς". Της κλείνει το μάτι και την τσιμπάει στον κώλο, κάνοντάς την να πηδήξει.

Η Μπάρμπι του κουνάει τα χέρια της περισσότερο.

Ο Σκέλι Σκελι προσποιείται άμυνα, σηκώνει έναν αγκώνα και γελάει.

Στρίβοντας στη γωνία στα δεξιά τους, μπαίνουν σε ένα δωμάτιο γεμάτο ομίχλη. Μέσα στο λευκό σύννεφο, χάνουν ο ένας τον άλλον από τα μάτια τους για μια στιγμή, φωνάζοντας και πετώντας τα χέρια τους στον αέρα με την ελπίδα να πετύχουν κάποιον. Ακολουθώντας τον απόηχο των βημάτων, ο καθένας τους βρίσκει μια μαύρη πόρτα, μπαίνοντας μέσα από αυτήν σε μια τραπεζαρία.

Ψηλά, υπερμεγέθη μανιτάρια. Τεράστια φύλλα γρασιδιού. Γιγάντιες πεταλούδες που κρέμονται πάνω από το κεφάλι ή κάθονται στα μανιτάρια. Μια τεράστια σε κλίμακα κάμπια βρίσκεται στην κορυφή του μεγαλύτερου μανιταριού που βρίσκεται στην άλλη άκρη του δωματίου. Τα μάτια της κινούνται μπρος-πίσω, σαν να παρακολουθούν την κάθε τους κίνηση.

Τα πάντα είναι επικαλυμμένα με γκλίτερ και έντονα φθορίζοντα χρώματα πάνω σε μαύρο χρώμα με μεγάλα φωτιστικά που κρατούν μαύρους προβολείς και γεμίζουν το δωμάτιο με μια γαλαζωπή μοβ λάμψη. Σημειώνοντας τις χρωματικές αλλαγές των κοστουμιών τους, στρέφουν στη συνέχεια την προσοχή τους στο ιδιόρρυθμα διακοσμημένο δωμάτιο.

Ο Σκέλι Σκελι κινείται προς το μακρύ τραπέζι της τραπεζαρίας που είναι ντυμένο με ένα χοντρό λευκό τραπεζομάντιλο, τυλιγμένα λουλούδια, φλιτζάνια τσαγιού σε αφθονία και ακριβά σερβίτσια. Παίρνοντας μια επίχρυση πλακέτα με το όνομά του, καγχάζει.

Οι άλλοι κινούνται προς το μέρος του.

Γυρνώντας προς αυτούς, ο Σκελι το κρατάει ψηλά. "Γοργόνα ζόμπι;" Ρίχνει μια ματιά γύρω τους. "Αναρωτιέμαι ποιος θα μπορούσε να είναι αυτός;" Τεντώνοντας ένα φρύδι, κόβει τα μάτια του στον καθένα τους και χαμογελάει.

Η Μικρή Γοργόνα κάνει ένα βήμα μπροστά, αρπάζει την πινακίδα με το όνομα με ένα χαμόγελο και την χτυπάει κάτω, παίρνοντας τη θέση της. "Προφανώς έχουμε καθορισμένες θέσεις". Ανασηκώνει τους ώμους της, δένει τα δάχτυλά της και ακουμπάει τους αγκώνες της στο τραπέζι. "Σας προτείνω να βρείτε τη δική σας". Τον κοιτάζει επίμονα, γέρνει πίσω στην καρέκλα της, σταυρώνοντας τα χέρια της.

Οι υπόλοιποι γελούν και χαχανίζουν, διασκορπίζονται και βρίσκουν τις πινακίδες με τα ονόματά τους.

Ο Σκέλι καγχάζει, μουρμουρίζοντας με ένα χαμόγελο, "Ανυπότακτη σκύλα". Βρίσκοντας την πινακίδα με το όνομά του, καταλήγει να κάθεται απέναντί της. "Ποιος είναι αυτός ο ιδιοκτήτης; Και γιατί είναι τόσο περίεργο που χρησιμοποιούν επίχρυσες ονομαστικές κάρτες; " Κρατώντας την πινακίδα του ονόματός του, κλείνει το μάτι στη Μικρή Γοργόνα με ένα γρήγορο φιλί.

Η Μικρή Γοργόνα γουρλώνει τα μάτια της, ξεφυσώντας, και κοιτάζει προς τα δεξιά της και περνάει τη γλώσσα της κατά μήκος των δοντιών της.

Ο Σκελι της γουρλώνει τα μάτια, φτάνοντας προς τα εμπρός. "Ακόμα και τα γυαλιά έχουν κάρτες". Παίρνει ένα από αυτά. "'Πιες με';" Γελάει καθώς τοποθετεί μια κάρτα πίσω πάνω στο τραπέζι.

Η Λάρα ρίχνει μια ματιά τριγύρω, κρατώντας την πινακίδα με το όνομά της ανάμεσα σε δύο δάχτυλα. "Αυτό που θέλω να μάθω είναι πώς ήξεραν πώς θα ονομαζόμασταν". Κλείνει τα μάτια της με τη Σελίνα και την Κόκκινη. "Ποτέ δεν συμπλήρωσα ερωτηματολόγιο για την προσωπικότητα". Ανασηκώνοντας τους ώμους της, αφήνει την πινακίδα με το όνομα κάτω.

Τα μάτια των άλλων διευρύνονται. Κουνάνε το κεφάλι τους, και στο τραπέζι ακούγονται μουρμούρες.

Η Μπάρμπι ανασηκώνει τους ώμους της, χτυπώντας τα ροζ νύχια στο πηγούνι της. "Αυτό είναι πραγματικά πολύ ανατριχιαστικό". Γκρινιάζοντας, πετάγεται πίσω στο κάθισμά της, σταυρώνει τα χέρια της και κατεβάζει λίγο το σωληνάκι της.

Τα παιδιά μετακινούνται στις θέσεις τους, την κοιτάζουν και χαμογελούν.

Όλοι εκτός από τον Καζαμπλάνκα, ο οποίος τρίβει τα δάχτυλά του κατά μήκος του στόματός του, κοιτάζοντας γύρω στο δωμάτιο.

Εκείνη τη στιγμή, ένα τρίξιμο και ένα ουρλιαχτό ακούγεται από μακριά.

Η Μπάρμπι βγάζει μια κραυγή, ψάχνοντας το δωμάτιο, και οι υπόλοιποι αναπηδούν, σπρώχνοντας πίσω στις θέσεις τους.

Η Καζαμπλάνκα κρατάει το τραπέζι, ψάχνοντας στο νέον για ένα σήμα εξόδου.

Ένα μαύρο τετράγωνο κατεβαίνει στην κεφαλή του τραπεζιού, ενεργοποιώντας στατικό λευκό θόρυβο, και στη συνέχεια εμφανίζεται στην οθόνη μια εικονική εκδοχή της μαριονέτας Saw.

Όλοι αναστενάζουν γελώντας, χαλαρώνουν λίγο και κοιτάζουν την τηλεόραση.

Ο Καζαμπλάνκα αφήνει τη λαβή του στην άκρη του τραπεζιού, αλλά παραμένει έτοιμος να τρέξει.

Η μικρή μαριονέτα ανοίγει και κλείνει το στόμα της, βγάζοντας μια προφανώς καλυμμένη και παραμορφωμένη φωνή. "Καλησπέρα." Κάνει μια παύση, γυρνώντας το κεφάλι της μπρος-πίσω σαν να τους κοιτάζει. "Απόψε είναι ένα ξεχωριστό γεγονός. Εσείς οι δώδεκα έχετε επιλεγεί ειδικά για να συμμετάσχετε στον πρώτο διαγωνισμό διανυκτέρευσης της έπαυλης Σάικς. Οι κανόνες είναι απλοί. Μείνετε στις περσόνες σας χωρίς παρεκκλίσεις. Μείνετε μέσα στο σπίτι αλλιώς χάνετε. Και όποιος δει το αυριανό φως του ήλιου κερδίζει. Απολαύστε το τελευταίο σας δείπνο και το επιδόρπιο". Κάνει μια παύση, κοιτάζοντάς τους για άλλη μια φορά. "Καλή τύχη". Αφήνοντας ένα υψηλό, μανιακό γέλιο, κουνιέται λίγο, και μετά η τηλεόραση κόβεται, ανεβαίνοντας ξανά στο ταβάνι.

Όλοι γυρίζουν ο ένας πίσω στον άλλο, με τα μάτια τους ορθάνοιχτα, τα φρύδια τους σηκωμένα και το στόμα τους ανοιχτό.

Η Μπάρμπι και η Ιβι μετακινούνται στις θέσεις τους σαν να μην μπορούν να βολευτούν ξανά.

Ο Ρεντ χτυπάει τα χέρια του στο τραπέζι, κάνοντας τα πάντα να κουνιούνται, να τρίζουν και να κουδουνίζουν. "Λοιπόν, η μαριονέτα της τηλεόρασης είπε ότι θα φάμε και εγώ πεινάω". Κοιτάζει γύρω του, σκύβοντας τον λαιμό του. "Πού είναι το φαγητό;" Ξεφυσώντας λίγο, βγάζει καπνό από τη μύτη του.

Εκείνη τη στιγμή, ένα κλικ, ένα σκάσιμο και ένα βουητό γεμίζει το δωμάτιο. Από μια γωνία, μια μαύρη κουρτίνα ανοίγει και μια σειρά από δίσκους σερβιρίσματος κατευθύνεται προς αυτούς. Το ασήμι αστράφτει μοβ και μπλε καθώς κάνουν τον ταλαντευόμενο δρόμο τους προς το τραπέζι, σταματώντας ανάμεσα σε κάθε κάθισμα στα αριστερά τους.

Μπροστά από κάθε σετ καλυμμένων πιάτων υπάρχει μια κάρτα με τα ονόματά τους, όπου κάτω από τα ονόματά τους αναγράφεται η φράση "Φάε με και Απόλαυσέ το".

Μέσα σε μια σιωπή γεμάτη κρότους, ο καθένας από αυτούς παίρνει το πιάτο του, βάζοντας τα καλύμματα στους δίσκους, και τα τοποθετεί πάνω στο σερβίτσιο της τραπεζαρίας.

Ο Ρεντ κοιτάζει ένα μπολ γεμάτο τσίλι και γελάει. "Αυτοί οι άνθρωποι σκέφτηκαν τα πάντα. Γαμώτο. Ήξεραν ακόμα και το αγαπημένο μου γεύμα". Χαμογελώντας, βουτάει μέσα και χώνει το κουτάλι στο στόμα του.

Οι υπόλοιποι ρίχνουν μια ματιά στα διάφορα και ειδικά προετοιμασμένα γεύματα για κάθε πρόσωπο. Παρακολουθώντας τον Ρεντ να καταβροχθίζει το τσίλι του, όλοι τρυπάνε το φαγητό τους μέχρι να πάρει ο καθένας την πρώτη διστακτική μπουκιά.

Η Καζαμπλάνκα διστάζει περισσότερο. "Δεν νομίζετε ότι αυτό είναι λίγο περίεργο;" Στηρίζει τους καρπούς του στο τραπέζι, κόβοντας τα μάτια του γύρω γύρω στον καθένα τους. "Είναι σχεδόν σαν να ήξεραν ακριβώς σε τι θα ντυνόμασταν. Και φτιάχνουν φαγητό ειδικά για εμάς;" Κουνάει το κεφάλι του, σπρώχνοντας το πιάτο του προς τα εμπρός. "Μου φαίνεται λίγο ύποπτο". Σταυρώνοντας τα χέρια του, πρέπει να ρυθμίσει τις θήκες του.

Η Μικρή Γοργόνα χαχανίζει, φέρνοντας το πιρούνι της στο στόμα της. "Ίσως μας κατασκόπευαν για να αυξήσουν τον παράγοντα ανατριχίλα". Χαμογελώντας, ανασηκώνει τα φρύδια της, βάζει το πιρούνι στο στόμα της με άλλο ένα χαχανητό και μιλάει με το στόμα γεμάτο. "Ω, έλα τώρα. Αστειεύομαι". Καταπίνοντας, στηρίζει το πηγούνι της σε μια γροθιά. "Πιστεύεις πραγματικά ότι θα έμπαιναν σε τόσο μεγάλο κόπο; Χριστέ μου". Σμιλεύοντας τα φρύδια της, γέρνει προς τα πίσω, πίνοντας το νερό από το ποτήρι της.

Η Μπάρμπι χασκογελάει. "Ακούγεται πολύ απίθανο όταν το λες έτσι". Κουνώντας το κεφάλι της, βάζει στο στόμα της μια λεπτή πιρουνιά κοτόπουλο.

Ο Καζαμπλάνκα τους κοιτάζει και τους δύο, ρίχνοντας ένα αδύναμο μειδίαμα, και μετακινείται στη θέση του. "Ναι, απίθανο." Σιωπώντας, κοιτάζει το πιάτο του με την ταγκίνα με ένα μικρό βλοσυρό μορφασμό.

Οι υπόλοιποι τρώνε και κουβεντιάζουν μέχρι να καθαρίσουν τα πιάτα τους.

Μετά από αρκετά λεπτά που όλοι δεν τρώνε, ένα ηχητικό σήμα ακούγεται στο δωμάτιο.

Όλοι σταματούν να μιλάνε, κοιτάζοντας ξανά γύρω στο δωμάτιο.

Μια νέον, ζωγραφισμένη στο χέρι επιγραφή λάμπει στην άλλη άκρη του δωματίου κοντά σε μια άλλη μαύρη κουρτίνα.

Η Ίβι αφήνει τα λόγια της να βγουν με μια ανάσα. "Δωμάτιο σοκολάτας". Γλείφει τα χείλη της και στρέφεται προς όλους. "Το επιδόρπιο πρέπει να σερβιριστεί". Χαμογελώντας, ανασηκώνει έναν ώμο, πιάνοντας το χέρι της Σελίνας.

Σηκώνονται από τις θέσεις τους και περνούν όλοι μέσα από την κουρτίνα.

ΚΕΦΑΛΑΙΟ ΟΓΔΟΟ

Τραβώντας την κουρτίνα προς τα πίσω, περνούν από μέσα ανά δύο.

Η έντονη μυρωδιά της ζάχαρης και των γλυκών τους υποδέχεται.

Τα κεριά λάμπουν, διασκορπισμένα στο δωμάτιο σε μεγάλες μάζες που λιώνουν.

Τα φώτα αναβοσβήνουν.

Ο κεραυνός βροντάει.

Τα πουλιά κράζουν, χτυπώντας τα φτερά τους, και κινούνται από ψηλά μαύρα κλαδιά πάνω από το κεφάλι.

Η Μπάρμπι κοιτάζει ψηλά, σφίγγοντας τα χείλη της. "Αν με χέσουν, θα τσαντιστώ πολύ". Κοιτάζει το ταβάνι, περνώντας τα χέρια της πάνω από τη φούστα και τους μηρούς της.

Ένα κακάρισμα ακούγεται από τα αριστερά τους, και η Μπάρμπι αναπηδά, βάζοντας το χέρι στο στήθος της. Αφήνοντας μια ανάσα, κλωτσάει τα λαμπερά κεφάλια κολοκύθας που περιβάλλουν την αψίδα κάτω από την οποία βρίσκεται. Οι μίσχοι του σιταριού ταλαντεύονται και θροΐζουν από την πίεση και τον άνεμο που δημιουργεί.

Ο κ. Σκελι πλησιάζει και της μιλάει χαμηλόφωνα στο αυτί. "Μην ανησυχείς, Μπάρμπς, θα σε κρατήσω ασφαλή". Γελώντας μέσα από τη μύτη του, η ανάσα του κινεί τα μαλλιά της καθώς σκύβει να φιλήσει το λαιμό της.

Η Μπάρμπι βάζει τα τέλεια περιποιημένα νύχια της στο μέτωπό του, τα σπρώχνει και χλευάζει. "Λες και είσαι ένα σακί από κόκαλα". Αφαιρώντας τα δάχτυλά της, του ρίχνει το πιο σαρκαστικό της χαμόγελο και προχωράει μπροστά.

Η Σελίνα Σελίνα και η Ιβι Ιβι περνούν και η Σελίνα Σελίνα χτυπά τον ώμο του σκελετωμένου άνδρα.

Ο Σκέλι γρυλίζει, ρυθμίζοντας τα πέτα του, και χτυπάει το σμόκιν του, προχωρώντας πιο μέσα.

Όλοι θαυμάζουν τον τεράστιο καταρράκτη σε όλη την αίθουσα που καταλήγει σε ένα ευρύ ποτάμι που διατρέχει το μήκος της αίθουσας προς μια μαυρισμένη αψίδα. Ο παφλασμός γεμίζει το δωμάτιο, σιγοτραγουδώντας πάνω από τους υπόλοιπους ήχους γύρω τους.

Μικροί πύργοι από κολοκύθες και κολοκυθοειδή αμπέλια στροβιλίζονται κατά τόπους και λάμπουν κίτρινα και πορτοκαλί. Τα αμπέλια τους στο πάτωμα σπαρταρούν και σπαρταράνε πάνω στο νεκρό χλοοτάπητα.

Στριφογυριστά και ελικοειδή μαύρα δέντρα τους πλησιάζουν, σαν να τους δίνουν απολαυστικά γλυκά.

Μικροί θάμνοι με μαύρους αγκαθωτούς μίσχους προσφέρουν βρώσιμα κεφάλια λουλουδιών με κόκκινα, μαύρα και λευκά τριαντάφυλλα.

Ένα σύμπλεγμα από βράχους με λευκά χαμόγελα περιβάλλει έναν πύργο με φαναράκια και μικρά cupcakes σε ένα τραπέζι στη μέση.

Μαύρα, κόκκινα και λευκά γλειφιτζούρια βρίσκονται διάσπαρτα σε όλο το δωμάτιο.

Η Ιβι πλησιάζει σε ένα δέντρο, τραβάει ένα μικρό καφέ στρογγυλό πλακέ από το κλαδί, το δαγκώνει και τα μάτια της γυρίζουν προς τα πίσω καθώς τα βλέφαρά της φτερουγίζουν. "Μμμμ, είναι σοκολάτα!" Γυρίζει απότομα προς όλους. "Είναι μια τάρτα με μαύρη σοκολάτα. Έχει και λίγο τσίμπημα. " Με τα μάτια ορθάνοιχτα, δαγκώνει τη μία μπουκιά μετά την άλλη, μέχρι που δεν είναι τίποτα περισσότερο από λιωμένη λάσπη στα ακροδάχτυλά της που γλιστράει ανάμεσα από τα κόκκινα χείλη της.

Όλοι χαμογελούν, πλησιάζουν πιο κοντά στα δέντρα και κατεβάζουν το δικό τους απολαυστικό γλυκό.

Μασώντας μια κόκκινη γλυκόριζα, η Μπάρμπι κινείται προς τα κέικ κοντά στις χαμογελαστές πέτρες και σκύβει προς το τραπέζι.

Το ένα μετά το άλλο, τα δόντια τρίζουν, κάνοντας τις πέτρες να ταλαντεύονται, και όλοι βγάζουν υψηλά γέλια σε μια χορωδία ανατριχιαστικών χαχανημάτων.

Η Μπάρμπι πηδάει πίσω, βάζοντας τα νύχια της στα δόντια της, και τσιρίζει. "Θεέ μου! " Παραπατώντας μερικά βήματα πίσω, πέφτει πάνω στην Καζαμπλάνκα.

Ο Καζαμπλάνκα απλώνει τα χέρια του, πιάνοντας τους αγκώνες της, και της ρίχνει ένα χαμόγελο καθώς τη βάζει στα ίσια. "Δεν πειράζει, δεν θα δαγκώσουν". Τους δείχνει, στροβιλίζοντας το δάχτυλό του. "Βλέπεις, είναι σε αισθητήρα κίνησης". Καθώς η τελευταία λέξη ξεφεύγει από τα χείλη του, σταματούν, και κουνάει το χέρι του μπροστά από το ένα, κάνοντάς τα να ξαναρχίσουν.

Η Μπάρμπι χαχανίζει, παίρνει ένα κεκάκι από το τραπέζι και το κρατάει στο χαμογελαστό πρόσωπό της. "Κοίτα ποιος είναι ο ντετέκτιβ". Κρατώντας το χαμόγελό της, περνάει ένα δάχτυλο μέσα από το γλάσο, γλείφοντάς το από το δάχτυλό της με ένα ελαφρύ βογγητό.

Τα μάτια του Καζαμπλάνκα διευρύνονται, και

καταπίνει δυνατά, αφήνοντας να βγει ένα αναπνευστικό γέλιο καθώς κοιτάζει το πάτωμα. "Δεν ήταν πρόβλημα". Χτυπώντας τα δάχτυλά του στα χείλη του, την παρακολουθεί να της κλείνει το μάτι και να γλείφει το γλάσο κατευθείαν από το κεκάκι.

Η Μπάρμπι χαμογελάει, περνώντας το χέρι της από τον ώμο του, καθώς προχωράει σε ένα άλλο μέρος, πετώντας το κεκάκι στο έδαφος.

Ο Καζαμπλάνκα τρίβει το σβέρκο του, σκουπίζοντας το δάχτυλο του παπουτσιού του πάνω στο ξερό χορτάρι, και γελάει με τον εαυτό του, βλέποντάς την να απομακρύνεται.

Απέναντι, η Ρεντ καταβροχθίζει τάρτες σοκολάτας αξίας πολλών άκρων.

Η Ιβι τον συναντά σε ένα δέντρο, βγάζοντας τις δικές της τάρτες, ενώ κρατάει και μερικά cupcakes.

Οι δυο τους τρώνε το φαγητό τους, χαχανίζοντας και σκουντουφλώντας.

Οι υπόλοιποι τριγυρίζουν, δοκιμάζουν μερικά γλυκά, αλλά κυρίως κοιτάζουν το σκούρο καφέ ποτάμι.

Ο Καζαμπλάνκα περνάει μια γωνία και ένα χέρι τον πιάνει από τον ώμο, τραβώντας τον προς τα πίσω, ενώ βγάζει ένα ελαφρύ ουρλιαχτό, μέχρι που ένα χέρι καλύπτει το στόμα του και ένα γέλιο χτυπάει το αυτί του.

Ο Σκελι τον παρακολουθεί να γυρίζει πίσω στη γωνία. Ρίχνοντας μια ματιά τριγύρω και χωρίς να τον βλέπει κανείς, κινείται προς το μέρος τους, κρατώντας απόσταση, και μασάει μια κόκκινη γλυκόριζα.

Γυρνώντας, η Καζαμπλάνκα έρχεται αντιμέτωπη με μια χαμογελαστή Μπάρμπι. Γελώντας, τον τραβάει πιο κοντά στη γωνία, τυλίγει τα χέρια της γύρω από το λαιμό του και του δίνει ένα δυνατό φιλί στα χείλη. Σηκώνοντας τα φρύδια του με ένα ελαφρύ γρύλισμα, την πηγαίνει πίσω στον τοίχο, περνώντας τα χέρια του στην πλάτη της.

Η Μπάρμπι βγάζει ένα ελαφρύ γέλιο καθώς χτυπάει στον τοίχο και μετακινεί τα δάχτυλά της πάνω από τα γένια του στο στήθος του, πιάνοντας τους ιμάντες της θήκης και τον τραβάει πιο κοντά της.

Ο Σκελι στέκεται πίσω από ένα διαχωριστικό, κρυφοκοιτάζοντας μέσα από μια τρύπα, και παρακολουθεί τους δύο τους.

Ο Καζαμπλάνκα πιέζει το σώμα της, φιλάει κατά μήκος του σαγονιού και του λαιμού της και γλιστράει τα δάχτυλά του κάτω από την άκρη του σωληνακίου της.

Χωρίς σουτιέν.

Στην άλλη πλευρά του δωματίου, η Ιβι και η Σελίνα ανταλλάσσουν με τα δάχτυλά τους χτυπημένη κρέμα και μαρέγκα.

Η Σελίνα ρίχνει μια ματιά σε όλους όσους είναι απασχολημένοι με τα γλυκά τους. Τοποθετώντας τα χέρια της στους ώμους της Ιβι, την οδηγεί προς τα πίσω σε διαφορετική γωνία.

Η Ιβι ανοίγει το στόμα της για να διαμαρτυρηθεί, αλλά πριν προλάβει να πει λέξη, τα χείλη της Σελίνα βρίσκονται πάνω στα δικά της. Αφήνοντας ένα μικρό στρίγκλισμαι, γέρνει σε αυτό, γλιστράει τα δάχτυλά της στην πλάτη της Σελίνας και πιάνει τον κώλο της, φέρνοντάς την στις μύτες των ποδιών της.

Η Σελίνα χαχανίζει, βγάζει τα γάντια της και κάνει μασάζ στο στήθος της Ιβι. Γλιστρώντας το άλλο χέρι ανάμεσα στα πόδια της, κινεί μερικά δάχτυλα μπρος-πίσω κάτω από το κούμπωμα του κορμάκι της. Χαμογελάει στα ελαφρά βογγητά της Ιβι, πιέζοντας ένα δάχτυλο πέρα από τις κάλτσες χωρίς καβάλο και μέσα της, γλείφοντας το λαιμό της.

Η Ιβι βγάζει ένα δυνατό βογγητό, δαγκώνοντας το κάτω χείλος της σε μια προσπάθεια να ησυχάσει, παρά τον βροντερό θόρυβο που έπεφτε στο παρασκήνιο. Τραβώντας το φερμουάρ της Σελίνα, τραβάει το κοστούμι στην άκρη, πιάνοντας και κάνοντας μασάζ στο στήθος της. Τραβώντας το φερμουάρ μέχρι το τέλος του, ρίχνει μια ματιά γύρω της για κατασκόπους. Όλοι απασχολημένοι, τους γυρνάει, σέρνοντας διακοσμητικά από μια κοντή κολόνα, και βάζει τη Σελίνα πάνω της.

Στη μέση του δωματίου, ο Μπουτισορτς περπατάει στην άκρη της όχθης και κοιτάζει μέσα στο ποτάμι. "Γεια σας, παιδιά!" Στρέφεται προς τους υπόλοιπους διαγωνιζόμενους. "Υπάρχει κάτι περίεργο σε αυτό το ποτάμι για κάποιον από εσάς;" Βάζοντας το χέρι του στο γοφό του, δείχνει με τον αντίχειρα πάνω από τον ώμο του προς το σκούρο υγρό που αναδεύεται.

Οι υπόλοιποι κοιτάζουν προς το μέρος του, αλλά μένουν εκεί που είναι.

Ο Μπουτισορτς γυρίζει πίσω στο ποτάμι, μουρμουρίζοντας στον εαυτό του. "Παράξενο. Είναι σοκολάτα; Κρασί; Είναι πραγματικά γαμημένα σκοτεινό". Σκύβει, αλλά ο Ρεντ τον προσπερνάει παραπατώντας, χαχανίζοντας υπερβολικά για κάποιον στο μέγεθός του.

Πίσω στην άλλη πλευρά του δωματίου, η Καζαμπλάνκα έχει κατεβάσει την μπλούζα της Μπάρμπι και τη φούστα της γύρω από τη μέση της. Το παντελόνι του κρέμεται γύρω από τους μηρούς του και κρατάει το ένα της πόδι, σπρώχνοντας και γρυλίζοντας.

Η Μπάρμπι παλεύει με την ανάγκη να βγάλει δυνατά βογγητά, παίρνοντας απότομες αναπνοές, και αφήνει το στόμα της να κρέμεται ανοιχτό. Δαγκώνοντας το κάτω χείλος της, βγάζει ένα ελαφρύ στριγγλιάρικο βογγητό. Αρπάζοντας τα μαλλιά του, σπρώχνει το κεφάλι του προς τα κάτω.

Ο Σκελι χαϊδεύει τον εαυτό του, προσέχοντας τους

άλλους, ενώ παρακολουθεί τους δύο τους, και δαγκώνει τη γλυκόριζα.

Αφήνοντας ένα υποχρεωτικό γρύλισμα, η Καζαμπλάνκα βάζει τα πόδια της στους ώμους του, την ανεβάζει ψηλά και τη γλείφει μέχρι να βγάλει ένα ουρλιαχτό και οι μηροί της να σφίξουν το κεφάλι του. Γέρνοντας προς τα πίσω, την τραβάει από τους ώμους του, γυρίζοντάς την. Ανοίγοντας τα πόδια της, τρίβεται πάνω της για ένα δευτερόλεπτο προτού ξαναμπεί μέσα της.

Η Μπάρμπι καταπνίγει ένα βογγητό, πιάνοντας τον τοίχο μπροστά της.

Ο Σκέλι παρακολουθεί πώς το στήθος της πιέζει το μαύρο του τοίχου, το μαυρισμένο δέρμα και το καυτό ροζ την κάνουν να ξεχωρίζει, και χαϊδεύει πιο δυνατά, παίρνοντας άλλη μια μπουκιά από την κόκκινη γλυκόριζα του.

Στη μέση του δωματίου, ο Ρεντ παραπατάει περισσότερο.

Οι άλλοι τον παρακολουθούν, σηκώνοντας τα φρύδια τους, και κουνάνε το κεφάλι τους.

Ο Ρεντ πλησιάζει στην άκρη της όχθης και ο Μπουτισορτς τον πιάνει από τους ώμους και τον κρατάει όσο πιο ίσιο γίνεται. "Τι συμβαίνει εδώ, φίλε; Είσαι καλά;" Ψάχνει το πρόσωπό του, κάνει μερικά βήματα μπροστά και κάνει ό,τι μπορεί για να απομακρύνει τον Ρεντ από την όχθη.

Οι άλλοι κινούνται προς το μέρος τους, μουρμουρίζοντας στον εαυτό τους.

Στην άλλη άκρη του δωματίου, η γλώσσα της Ιβι κινείται πάνω στη Σελίνα, βυθίζεται μέσα και έξω, και κυλάει πάνω στην κλειτορίδα της με μανία.

Η Σελίνα βογκάει, καλύπτοντας το στόμα της, και πιάνει τον πυλώνα, σκαλίζοντας τα νύχια της σε αυτόν. Τραβώντας το πηγούνι της Ήβη προς τα πάνω, χαμογελάει, γλιστράει από τη θέση της και βάζει την Ήβη να καθίσει. Λύνοντας το κορμάκι της, η Σελίνα την περιτριγυρίζει αργά, περνώντας τη γλώσσα της πάνω από την κλειτορίδα της.

Η Ιβι βγάζει ένα σύντομο και χαμηλό βογγητό, παρακολουθώντας κάθε της κίνηση, με το κεφάλι της να φωτίζεται.

Πιάνοντας το κλιπ του γοφού της, η Σελίνα το ξεκουμπώνει, αφήνοντας το μαστίγιο της να πέσει ελεύθερο. Γυρίζοντάς το, δίνει τη λαβή στην Ιβι.

Χαμογελώντας, η Ιβι γνέφει, γλείφοντας τα χείλη της, και πιάνει το χέρι της Σελίνα πάνω από τη λαβή, καθώς συνεχίζει να γλείφει την κλειτορίδα της. Σηκώνοντας τη λαβή του μαστιγίου, την πιέζει στα κόκκινα χείλη της, τρίβοντας πάνω τους.

Η Σελίνα πιέζει πιο δυνατά και η Ήβη ανοίγει το στόμα της, βγάζει τη γλώσσα της και την περνάει πάνω από τη μαύρη σιλικόνη μέχρι να γίνει τόσο υγρή όσο και εκείνη.

Φέρνοντας τη λαβή προς τα κάτω, η Σελίνα την τρίβει πάνω στην Ήβη, κυλώντας την κατά μήκος της κλειτορίδας, και στη συνέχεια την σπρώχνει μέσα της.

Μέσα και έξω.

Μέσα και έξω.

Μέσα και έξω, κερδίζοντας ταχύτητα και δύναμη.

Η γλώσσα χτυπάει την κλειτορίδα της ξανά και ξανά.

Η Ιβι τινάζεται, καταπνίγοντας ένα βογγητό στη μέση, και σκύβει την πλάτη της, πιάνοντας τον πυλώνα τόσο δυνατά που ένα από τα ψεύτικα πράσινα νύχια της ξεπηδάει. Τριγυρνώντας λίγο ακόμα, βγάζει μια σύντομη κραυγή, σφίγγοντας όλο της το σώμα, και ένα ρεύμα λευκού ξεπηδά από μέσα της, καλύπτοντας τα χείλη και το πηγούνι της Σελίνα.

Η Σελίνα βγάζει τραχιά γέλια και την καταβροχθίζει.

Η Ιβι τινάζεται μερικές φορές ακόμα, χαλαρώνει στον πυλώνα και το κεφάλι της κολυμπάει.

Ο Ρεντ πετάει τα χέρια του Μπουτισορτς από τους ώμους του, σκοντάφτοντας μερικά βήματα, και μιλάει ακατάληπτα. "Φύγε από πάνω μου, δεν θέλω να πάω για σφίξιμο". Χασκογελώντας ξανά, κάνει μερικά βήματα προς το ποτάμι.

Η Λάρα και ο πειρατής Έρικ αρπάζουν από πίσω τους ώμους του, κάνοντας ό,τι μπορούν για να τον κρατήσουν στην ακτή.

Ο Μακτζόκερ τους ακολουθεί, πιέζοντας το στήθος του με το Μπουτισορτς.

Πίσω στην άλλη γωνία, ο Καζαμπλάνκα κάνει μασάζ στο στήθος της Μπάρμπι, κάνοντας ένα τελευταίο βαθύ χτύπημα πριν γρυλίσει καθώς τραντάζεται μερικές φορές και η Μπάρμπι βγάζει ένα δυνατό βογγητό.

Ο κύριος Σκελετός αφήνεται πάνω σε μια κοντινή μαύρη κουρτίνα, σκουπίζεται με αυτήν και παίρνει την τελευταία μπουκιά από την κόκκινη γλυκόριζα του, περπατώντας προς τους άλλους καθώς προσαρμόζεται.

Προχωρώντας πίσω από το διαχωριστικό, η Μπάρμπι ρυθμίζει τη φούστα και το σωληνάκι της και προσπαθεί να λειάνει τα μαλλιά της. Καθαρίζοντας το λαιμό της, σκουπίζει το στόμα της, ρίχνοντας μια ματιά στο δωμάτιο.

Ο Καζαμπλάνκα περνάει από τη γωνία, κρατώντας το καπέλο του, και βάζει την ουρά του πουκαμίσου του. Μετακινώντας το καπέλο του στο κεφάλι του, σκουπίζει πάνω από το στόμα του, χτυπώντας τη γλώσσα του στον ουρανίσκο του στόματός του με ένα χαμόγελο. Κοιτάζοντας ψηλά, αντιλαμβάνεται τη φασαρία στην άκρη του ποταμού και τρέχει στα μισά του δρόμου προς αυτούς.

Η Σελίνα και η Ιβι εμφανίζονται λίγο αργότερα,

και η Σελίνα ξαναφορέσει το ένα γάντι, ρίχνοντας μια ματιά στα αριστερά της.

Η Ιβι ταλαντεύεται λίγο, βάζοντας τα δάχτυλά της στα χείλη της. "Δεν νομίζω ότι έπρεπε να φάω τόσες πολλές τάρτες". Τα μάγουλά της φουσκώνουν και καταπνίγει ένα φίμωμα.

Η Σελίνα στρέφεται προς το μέρος της, βάζοντας ένα χέρι στον ώμο της, και ανοίγει το στόμα της για να μιλήσει, αλλά μια αναταραχή ξεσηκώνει την Κόκκινη.

Ο Κόκκινος κουνάει το χέρι του, σπρώχνοντας τους πάντες στην άκρη. "Πήγαινε στο διάολο! Θα προχωρήσω μόνος!» Με παραπαίοντα βήματα, φτάνει στην άκρη.

Η Καζαμπλάνκα τους πλησιάζει, απλώνει το χέρι της και πιάνει τη ζώνη της καμπαρντίνας του Ρεντ.

Ο Ρεντ παραπατάει, η μπότα του γλιστράει στην άκρη της τράπεζας και γυρίζει προς τα πίσω.

Ο Καζαμπλάνκα τραβάει τη ζώνη, σηκώνοντας το παλτό προς το μέρος του, και η αγκράφα πιάνεται στη δεξιά θηλιά.

Ο Κόκκινος γυρίζει μέχρι τέλους, τραβώντας τη ζώνη από τη λαβή του Καζαμπλάνκα, και πέφτει προς τα πίσω με τα χέρια του απλωμένα και ένα ελαφρύ κλάμα.

ΚΕΦΑΛΑΙΟ ΕΝΝΕΑ

Όλοι ουρλιάζουν και φωνάζουν, απλώνουν τα χέρια τους, σκουπίζουν τα πρόσωπά τους ή καλύπτουν το στόμα τους.

Η Καζαμπλάνκα βάζει τα χέρια στο κεφάλι του.

Ο Κόκκινος πέφτει με δύναμη στο ποτάμι, ψεκάζοντας όσους βρίσκονται στην άκρη της όχθης, και βυθίζεται κάτω από τις φυσαλίδες και τα κύματα.

Η Καζαμπλάνκα, το Μπουτισορτς και ο Μακτζόκερ απομακρύνονται από το σπρέι, αλλά δεν μπορούν να ξεφύγουν, καθώς τα πλευρά και οι πλάτες τους γίνονται μούσκεμα.

Η Σελίνα χαϊδεύει την Ιβι, χαϊδεύοντας τα μαλλιά της, και την παρακολουθεί να παλεύει ενάντια στον εμετό.

Καλύπτοντας το στόμα της, η Ιβι τρέχει στο ποτάμι και ξερνάει.

Όλοι οι άλλοι παρακολουθούν τις φυσαλίδες όπου έπεσε ο Κόκκινος.

Δεν πρόκειται να επιστρέψει.

Ο Καζαμπλάνκα κοιτάζει τους λεκέδες που άφησε πίσω του στο μανίκι και το αντιβράχιο του, μουρμουρίζοντας: "Τι είναι αυτό; " Γυρίζοντας το χέρι του, το φέρνει στη μύτη του. "Αυτό είναι;" Τα μάτια του διευρύνονται και πέφτει γονατιστός στην άκρη της όχθης.

Άλλος ένας γύρος πιτσιλίσματος γεμίζει το δωμάτιο.

Η Σελίνα ουρλιάζει, πέφτοντας στην άκρη με το χέρι της στο υγρό. "Όχι! Πωλίνα!" Ξαπλωμένη μπρούμυτα, χτυπάει τα χέρια της μέσα, πλατσουρίζοντας και αρπάζοντας την Πωλίνα.

Η Καζαμπλάνκα στρέφεται προς τη Σελίνα. "Είναι αίμα! Είναι ένα καταραμένο ποτάμι αίματος!" Κοιτάζοντας τους άλλους, βυθίζει το χέρι του στο αίμα, ψηλαφώντας.

Η Ρομποντόλι τον πλησιάζει με ψεύτικη φωνή που τρέμει. "Τι εννοείς ότι είναι αίμα; Και γιατί ο Κόκκινος δεν ξανασηκώνεται;" Δείχνει με ένα τρεμάμενο δάχτυλο προς το ξερό χορτάρι στα πόδια της.

Ο Καζαμπλάνκα την αγνοεί, κάνοντας ό,τι μπορεί για να ψάξει με τα χέρια του στο κόκκινο κρασί που αναδεύεται μπροστά του.

Η Σελίνα συνεχίζει να ψάχνει, με αίμα παντού. "Πωλίνα! Δεν μπορείς να μου το κάνεις αυτό! Δεν μπορείς να με αφήσεις!" Έρχεται πιο κοντά, βυθίζοντας τα χέρια της πιο βαθιά στην κινούμενη κόκκινη γλίτσα.

Ο Μακτζόκερ κινείται προς τη Σελίνα, ψάχνοντας το σκοτάδι μπροστά του.

Η Λάρα και η Ρομποδούλα στέκονται δίπλα του και κάνουν ό,τι μπορούν για να διακρίνουν κυματισμούς ή φυσαλίδες.

Το Μπουτισορτς, ο πειρατής Έρικ και η Μικρή Γοργόνα παρακολουθούν δίπλα στην Καζαμπλάνκα.

Καθώς όλοι ψάχνουν τη γλίτσα που ρέει, σχηματίζονται κυματισμοί στη μέση και ο Κόκκινος ξεσπάει, στέλνοντας αίμα παντού. Με κλειστά μάτια και ανοιχτό στόμα που είναι καλυμμένο με αίμα και γλίτσα, παίρνει έναν ασθμαίνοντα αναστεναγμό, πέφτοντας πίσω στη σκοτεινή άβυσσο.

Η Σελίνα τσιρίζει. "Την έπιασα! Έχω την Πωλίνα!" Καταφέρνοντας να γονατίσει, κρατιέται σφιχτά και με τα δύο χέρια.

Το χέρι της Πωλίνα αναδύεται, αλλά η λαβή της Σελίνα γλιστρά και γλιστρά πάνω στο κορεσμένο δέρμα της. Προσπαθεί να επαναπροσαρμοστεί, ρίχνοντας την Παουλίνα μερικά εκατοστά.

Ο ΜακΤζόκερ κινείται προς το μέρος της, μπαίνει στο κόκκινο και κινεί τα χέρια του μέχρι να αρπάξει κάτι. Τραβώντας προς τα πάνω, αυτός και η Σελίνα καταφέρνουν να βγάλουν το κεφάλι της Πωλίνας στην επιφάνεια.

Με τα μαλλιά της κολλημένα στο πρόσωπό της, ανοίγει το στόμα της για να πάρει αέρα μόνο για να ξεφυσήσει και να πνιγεί στα ματωμένα μαλλιά.

Η Καζαμπλάνκα γυρίζει γύρω της, αναζητώντας ένα μακρύ και ισχυρό αντικείμενο. Προσγειώνεται στα κλήματα προς τους πύργους των κολοκυθιών, κινείται προς αυτά, τραβώντας τα κλήματα που βρίσκονται ακίνητα στο πάτωμα. Τα τυλίγει γύρω από τον ώμο και τον αγκώνα του και τρέχει πίσω στην τράπεζα.

Ο Κόκκινος χτυπιέται, πετάει τα χέρια του και εκσφενδονίζει αίμα προς όλες τις κατευθύνσεις.

Η Καζαμπλάνκα ρίχνει τη σπείρα στο χέρι του, ξετυλίγοντας μερικά μέτρα. "Εντάξει, Ρεντ! Σου πετάω ένα σχοινί! Κάνε ό,τι μπορείς για να το αρπάξεις! Θα βάλω τα δυνατά μου για να το κάνω εύκολο!" Κρατώντας σφιχτά το πηνίο, το κουνάει μερικές φορές πριν το πετάξει προς τον Ρεντ.

Το αμπέλι πέφτει γύρω από τους ώμους του Κόκκινου και τυλίγεται γύρω από το λαιμό του. Χτυπιέται, αρπάζεται από αυτό, αλλά συνεχίζει να πέφτει κάτω.

Η Σελίνα και ο Μακτζόκερ δυσκολεύονται να

κρατήσουν την Πωλίνα πάνω από την επιφάνεια με το μικρό ρεύμα, το βάρος της και το γλιστερό δέρμα της που γλιστράει κάτω από τα δάχτυλά τους. Με μια γρήγορη κίνηση, οι λαβές τους αποτυγχάνουν και η Πωλίνα πέφτει θύμα του κινούμενου βυθού.

Η Σελίνα πέφτει μπροστά, βυθίζοντας τα χέρια της στο κόκκινο. "Όχι, όχι, όχι, όχι, ΟΧΙ!" Στην έξαλλη κατάστασή της, βγάζει έναν λυγμό, συνεχίζοντας να χτυπάει το νερό, και τσιρίζει.

Ο ΜακΤζόκερ κάνει μερικά βήματα προς τα πίσω, βάζει τα ματωμένα χέρια στην κορυφή του κεφαλιού του, το κουνάει και αναπνέει βαθιά και γρήγορα.

Οι υπόλοιποι καλύπτουν το στόμα τους, βλέποντας τόσο την Ρεντ όσο και την Πωλίνα να πέφτουν κάτω.

Λίγοι κυματισμοί.

Λιγότερες φυσαλίδες.

Η Καζαμπλάνκα τραβάει το κλήμα προς το μέρος της, έτοιμη για άλλη μια ρίψη. "Αυτό δεν μπορεί να συμβαίνει." Τυλίγει το αμπέλι και ετοιμάζεται για το πέταγμα.

Ο κύριος Σκελετός τον πιάνει από το χέρι, τον πιέζει λίγο και τον κοιτάζει στα μάτια. "Δεν έχει νόημα. Έχουν φύγει. Δεν υπάρχει περίπτωση να μπορέσουν να πολεμήσουν αυτό το ρεύμα. Όχι με τις στολές τους και όχι με το πόσο πυκνό είναι όλο αυτό." Κουνώντας το κεφάλι του, στρέφεται προς το γαλήνιο πλέον ποτάμι, εκτός από την αναταραχή από τους καταρράκτες.

Ο Καζαμπλάνκα τινάζει το χέρι του, ρίχνοντας τα κλήματα στο γρασίδι. "Γαμώτο!" Χωρίς να το σκεφτεί, σκουπίζει το στόμα του, τραβάει το χέρι του μακριά, κάνει γκριμάτσες και ξεφυσάει.

Η Σελίνα κάθεται στο γρασίδι, αγκαλιάζει τα πόδια της και κλαίει άσχημα στα γόνατά της, κουνώντας τα πόδια της μπρος-πίσω.

Η Λάρα, η Μπάρμπι και η Ρομποντόλι σκύβουν σε κάθε πλευρά της, τρίβοντας τους ώμους της.

Ο ΜακΤζόκερ στέκεται ακίνητος, κοιτάζοντας το κενό ανάμεσα σε αυτόν και το γρασίδι, με τα δάχτυλά του να τυλίγονται στα μαλλιά του.

Η Μικρή Γοργόνα και ο Πειρατής Έρικ κρατιούνται ο ένας από τον άλλον, κοιτάζοντας τους πάντες.

Ο Μπουτισορτς τρέχει προς ένα δέντρο, κάνοντας εμετό πάνω στις ρίζες του.

Ο Καζαμπλάνκα στρέφεται προς όλους, τους κοιτάζει και ξύνει το σβέρκο του.

Εκείνη τη στιγμή, ένα κόκκινο φως αναβοσβήνει στο δωμάτιο και μια γέφυρα εκτείνεται πάνω από το ποτάμι.

Ο Μπουτισορτς παραπαίει προς την ομάδα, κρατώντας το στομάχι του. "Υπάρχει μια γέφυρα." Κουνάει το δάχτυλο προς την κατεύθυνσή της. "Ίσως πρέπει να προσπαθήσουμε να φύγουμε από το δωμάτιο;" Ανασηκώνει τους ώμους του, ρίχνει μια ματιά σε όλους και καταπίνει με βαριές αναπνοές.

Η Μπάρμπι στέκεται πίσω από τη Σελίνα, ρίχνει μια ματιά στη γέφυρα και κοιτάζει επίμονα το Μπουτισορτς. "Πώς ξέρουμε ότι δεν θα καταρρεύσει από κάτω μας;" Δείχνει προς τα εκεί, κάνοντας μερικά ταλαντευόμενα βήματα προς το μέρος του, καθώς οι φτέρνες της σκάβουν στο μαλακό γρασίδι. "Κι αν αυτό ήταν το σχέδιό τους; Να μας ρίξουν όλους στο ποτάμι;" Παίρνοντας βαριές ανάσες, τον κοιτάζει, μασώντας τη γωνία του στόματός της.

Η Καζαμπλάνκα την πλησιάζει, βάζοντας ένα χέρι στην πλάτη της. "Δεν νομίζω ότι θα μας έδιναν διέξοδο αν ήθελαν απλώς να πέσουμε όλοι μέσα στην αρχή". Ρίχνει μια ματιά σε όλους, αναστενάζοντας. "Είναι προφανώς ένα καλά σχεδιασμένο παιχνίδι". Γκρινιάζοντας, κόβει τα μάτια του πίσω του στο ποτάμι. "Και έχασαν".

Γυρνώντας πίσω σε όλους, ξεφυσάει. "Πρέπει να φύγουμε. Κάποιος να δοκιμάσει τον δρόμο από τον οποίο περάσαμε". Δείχνει προς τη μαύρη κουρτίνα.

Η Μικρή Γοργόνα γνέφει, απομακρύνεται από τον πειρατή Έρικ και κατευθύνεται προς την κουρτίνα, σπρώχνοντας το ύφασμα προς κάθε πλευρά. "Είναι κλειστή!" Γυρίζει πίσω σε αυτούς. "Δεν υπήρχε πόρτα εδώ όταν περάσαμε, αλλά τώρα υπάρχει και είναι κλειδωμένη". Με τα μάτια ορθάνοιχτα, κινείται γρήγορα πίσω στον Έρικ.

Ο κύριος Σκελετός κλωτσάει μια κολοκύθα. "Γαμώτο, φίλε! Δηλαδή είμαστε αναγκασμένοι είτε να καθόμαστε εδώ μέσα και πιθανώς να πεθάνουμε, είτε να προχωρήσουμε μπροστά και πιθανώς να πεθάνουμε; Γαμώτο!" Κουνώντας το κεφάλι του, σηκώνει τα χέρια του και απομακρύνεται.

Η Σελίνα βγάζει έναν ουρλιαχτό λυγμό, τρέμοντας.

Η Μπάρμπι βάζει τα χέρια της στα μαλλιά της, κάνοντας έναν κύκλο.

Το Μπουτισορτς κάνει εμετό στο ποτάμι.

Ο Μακτζόκερ δεν έχει κουνηθεί.

Η γοργόνα και ο Έρικ κρατιούνται ο ένας από τον άλλο.

Η Καζαμπλάνκα ξεφυσάει και στρέφεται προς τη Σελίνα. "Μπορείς να περπατήσεις; Ή χρειάζεσαι βοήθεια;" Προχωράει προς το μέρος της, οκλαδόν, και εξετάζει το πρόσωπό της πέρα από τη μάσκα.

Τα μάτια της Σελίνας πετάγονται προς το μέρος του και καρφώνονται στα δικά του με αγριότητα. "Μόλις είδα την κοπέλα μου να πνίγεται σε ένα γαμημένο ποτάμι αίματος και εσύ με ρωτάς αν μπορώ να περπατήσω;" Σηκώνεται όρθια, τον ορμάει, δείχνοντάς τον με το δάχτυλο στο πρόσωπό του.

Η Καζαμπλάνκα υποχωρεί καθώς τα κορίτσια απομακρύνονται από αυτήν.

Η Σελίνα κρατά το δάχτυλό της εκατοστά μακριά

από το πρόσωπό του. "Η Πωλίνα ήταν ο έρωτας της ζωής μου!" Το χέρι της τρέμει, το αφήνει, με τα χείλη και το πηγούνι να τρέμουν, και πέφτει στα γόνατα, κλαίγοντας με λυγμούς.

Ο ΜακΤζόκερ στρέφει την προσοχή του σε αυτήν, γυρνώντας. "Συνεχίζεις να την αποκαλείς Πωλίνα". Κοιτάζει με το βλέμμα του το πίσω μέρος του κεφαλιού της.

Η Σελίνα γνέφει με αναφιλητά.

Ο Μακτζόκερ κοιτάζει τους πάντες. "Ήξερα μια Πολίνα στο λύκειο". Βλέπει τους ώμους της να πέφτουν.

Η Σελίνα μυρίζει ξανά, στρέφοντας το πρόσωπό της προς το μέρος του, και βγάζει τη μάσκα της. "Αμφιβάλλω σοβαρά αν είναι η ίδια". Αφήνοντας ένα κλαψιάρικο γέλιο, σκουπίζει τα δάκρυα από το πρόσωπό της.

Ο Μακτζόκερ αλληθωρίζει, κοιτάζοντάς την. "Μίκου;" Τα μάτια του διευρύνονται και απομακρύνεται.

Η Μπάρμπι στρέφει το κεφάλι της προς τη Μίκου. "Περίμενε, τι;" Πέφτει στα γόνατα με ένα χέρι στον ώμο της Μίκου. "Μίκου, είσαι στ' αλήθεια εσύ;" Πιάνοντας το πηγούνι της, γυρίζει το πρόσωπο της Μίκου μπρος-πίσω.

Η Μίκου τραβάει το πηγούνι της από το χέρι της Μπάρμπι. "Σας ξέρω εσάς τους δύο;" Τεντώνοντας ένα φρύδι, τους κοιτάζει.

Η Μπάρμπι γουρλώνει τα μάτια της, βάζοντας ένα χέρι στο ντεκολτέ της. "Εγώ είμαι, η Μέριεν!" Κουνώντας το κεφάλι της, στρέφεται προς τον ΜακΤζόκερ. "Ποια είσαι εσύ, όμως;" Τεντώνοντας το φρύδι της, τον κοιτάζει σκωπτικά.

Ο Μακτζόκερ γελάει λίγο. "Μπλέικ... Είμαι λίγο έκπληκτος που δεν με αναγνώρισες, αλλά το μακιγιάζ είναι πολύ καλό". Μυρίζοντας, ανασηκώνει τους ώμους του.

Η Μπάρμπι γουρλώνει ξανά τα μάτια της. "Πάντα ήσουν ένα μικρό σκατό, Μπλέικ". Χλευάζοντας, σηκώνεται όρθια, σταυρώνοντας τα χέρια της.

Ο Καζαμπλάνκα κουνάει το κεφάλι του, σηκώνεται στα πόδια του και τους απλώνει τα χέρια του. "Μισό λεπτό, όλοι σας γνωρίζεστε μεταξύ σας;" Τεντώνοντας ένα φρύδι, κινεί ένα στραβό βλέμμα πάνω σε όλους.

Η Ρομποντόλι γνέφει, σηκώνοντας το χέρι της. "Τους ξέρω." Κόβει το μηχάνημα αλλάζοντας τη φωνή της. "Εγώ είμαι, η Μπουρμπουλήθρα". Ρίχνει το βλέμμα της στον καθένα τους.

Η Casablanca δείχνει το Μπουτισορτς. "Κι εσύ;" Κρατώντας το βλέμμα του πάνω του, σταυρώνει τα χέρια του.

Ο Μπουτισορτς κρατάει το στομάχι του, γνέφοντας. "Ναι, έβγαινα με την Μπαμπλς στο λύκειο". Γυρίζει προς το μέρος της, της κάνει ένα νεύμα και κουνάει τα δάχτυλά του.

Η Μπαμπλς αλληθωρίζει. "Χιούστον;" Κάνοντας ένα βήμα πιο κοντά, τα μάτια της διευρύνονται.

Η Καζαμπλάνκα στρέφεται προς τον Έρικ και τη Γοργόνα. "Και εσείς οι δύο; Ποια είναι τα πραγματικά σας ονόματα;" Τους απλώνει το χέρι του.

Κοιτάζονται μεταξύ τους, κουνώντας τα κεφάλια τους.

Η γοργόνα σφίγγει τη λαβή της πάνω του. "Δεν ξέρω κανέναν σας. Το όνομά μου είναι Ρομπέν". Ανασηκώνει τον ώμο της.

Ο Έρικ κουνάει το κεφάλι του. "Είμαι ο Τζέσι, το αγόρι της". Ανασηκώνοντας τους ώμους του, σηκώνει το ελεύθερο χέρι του.

Ο Καζαμπλάνκα αναστενάζει, τρίβοντας το πρόσωπό του, και στρέφεται προς τη Λάρα και τον Σκέλι. "Λοιπόν;" Χτυπώντας το πηγούνι του, τους κοιτάζει.

Ο Σκελι γνέφει. "Ναι... γεια σας, παιδιά. Τάιλερ." Τους χαιρετάει, ανασηκώνοντας τους ώμους του, και γέρνει τα μάτια του προς το πάτωμα.

Η Λάρα συνοφρυώνεται. "Ντορίν. Γεια σου." Κάνει μια γκριμάτσα, ρουφώντας τα δόντια της.

Η Καζαμπλάνκα δείχνει με τον αντίχειρα το ποτάμι. "Ξέρει κανείς σας ποιος ήταν ο Μεγάλος Κόκκινος;" Τους κοιτάζει όλους.

Ο Τάιλερ σηκώνει τους ώμους του, σηκώνει τα χέρια του ψηλά και τα ακουμπάει στο κεφάλι του. "Δεν ξέρω, φίλε". Περπατάει. "Αν αυτό είναι αυτό που νομίζω, τότε μπορεί να ήταν ο Τζεμπ". Σταματά να κινείται, κόβοντας τα μάτια του γύρω από την ομάδα. "Ταιριάζει με την κατασκευή, αλλά δεν βγάζει νόημα". Κουνάει το κεφάλι του, κοιτάζοντας την Καζαμπλάνκα. "Αν μας ήθελαν όλους εδώ, ξέχασαν τον Νέιθαν". Κοιτάζει την Καζαμπλάνκα, συνοφρυωμένος.

Ο Καζαμπλάνκα ξεφυσάει, σκουπίζοντας το στόμα του. "Έχω μια ιδέα για το γιατί". Ρίχνει το βλέμμα του στον Τάιλερ, πέφτοντας ξανά στο πάτωμα. "Πήρα την πρόσκλησή του". Ρίχνει τους ώμους του, αφήνοντας το χέρι του να χτυπήσει τον μηρό του. "Πέθανε από υπερβολική δόση αφού μας έβαλα και τους δύο στους διαγωνισμούς με διαφορετικές διευθύνσεις". Κλείνει τα μάτια του με τον Τάιλερ. "Μπήκε μέσα, οπότε πήρα το εισιτήριό του". Ανοίγοντας τα χέρια του, ανασηκώνει τους ώμους του.

Ο Τάιλερ γελάει, κουνώντας το κεφάλι του. "Φυσικά, ο Νέιθαν θα το προσπερνούσε, όπως πάντα". Κουνώντας το κεφάλι του στο ξερό χορτάρι, αφήνει τα χέρια του από το κεφάλι του.

Η Μίκου χαχανίζει, αφήνοντάς το να γίνει μανιακό. "Η Πωλίνα και ίσως ο Τζεμπ είναι νεκροί και εσείς όλοι κάνετε συστάσεις;" Δείχνει προς το ποτάμι. "Τι στο διάολο συμβαίνει με όλους εσάς; " Η φωνή της ανεβαίνει σε ύψος. "Υπάρχουν δύο νεκροί άνθρωποι λίγα μέτρα μακριά μας, και εσείς θέλετε να κουβεντιάσετε για το γεγονός ότι όλοι γνωριζόμαστε;" Κοιτάζει με έντονο βλέμμα τα σιωπηλά τους βλέμματα. "Ποιος δίνει δεκάρα; Πρέπει να φύγουμε από εδώ και να βρούμε την αστυνομία!" Σκαλίζοντας τα δάχτυλά της στα μαλλιά της, μελετά το πάτωμα. "Ορκίζομαι στο Θεό, θα κάνω μήνυση στον ιδιοκτήτη. Θα εύχονται να τους είχα σκοτώσει". Αφήνοντας τα μαλλιά της, περπατάει μερικά μέτρα μπρος-πίσω.

Η Καζαμπλάνκα κάνει ένα βήμα προς το μέρος της, σταματώντας στο μανιακό της βλέμμα. "Το όνομά μου είναι Κόρεϊ. Τυχαίνει να είμαι αστυνομικός". Αναπηδά το βλέμμα του ανάμεσα στα μάτια της. "Αν καταφέρω να βγω από εδώ, έχεις το λόγο μου ότι θα φροντίσω να βρεθεί και να τακτοποιηθεί ο δολοφόνος, αλλά...". Ρίχνει μια ματιά στον καθένα τους. "Προς το παρόν, πρέπει να βγούμε από αυτό το δωμάτιο, και απ' ό,τι φαίνεται αυτό είναι το μόνο μας στοίχημα". Γυρνώντας, απλώνει το χέρι του προς τη γέφυρα.

Η Ρόμπιν ρίχνει τα μάτια της στην Τζέσι, γκρινιάζοντας, και κουνάει το κεφάλι της.

Η Τζέσι ανασηκώνει τους ώμους.

Γνέφοντας, όλοι κατευθύνονται προς τη γέφυρα.

ΚΕΦΆΛΑΙΟ ΔΈΚΑ

Πηγαίνοντας προς την αψίδα με το κόκκινο φως του κρανίου, περνούν μέσα από τη μαύρη κουρτίνα και σταματούν γρήγορα, καθώς ο Κόρι απλώνει και τα δύο χέρια στα πλάγια. Όλοι ατενίζουν τον διάδρομο.

Λευκά πρόσωπα βρίσκονται στους τοίχους. Κάθε ένα διαφορετικό. Το καθένα με πόνο. Και το καθένα κλαίει κόκκινο.

Θρήνος.

Γκρίνια.

Κλαίει.

Η αγωνία γεμίζει το μονοπάτι τους.

Η Μίκου πλησιάζει το ένα, αγγίζει τα δάκρυα και τραβάει το δάχτυλό της πίσω, τρίβοντάς το στον αντίχειρά της. "Είναι..." Μυρίζοντας το, τα μάτια της διευρύνονται. "Είναι αληθινό αίμα". Τρίβοντας το χέρι της πάνω στον τοίχο, βρυχάται, απομακρυνόμενη από αυτόν.

Η Μέριεν προσποιείται ότι φιμώνει, βάζοντας το χέρι της στο στόμα της. "Αυτό είναι αηδιαστικό. Νομίζω ότι θα κάνω εμετό". Σφίγγοντας τα μάτια της, γυρίζει μακριά τους, βάζοντας το πρόσωπό της στον ώμο του Κόρεϊ.

Κοιτάζοντας τους πάντες, την τραβάει σε μια ελαφρά αγκαλιά, χτυπώντας την στην πλάτη.

Ο Τάιλερ ειρωνεύεται, γουρλώνει τα μάτια του και μουρμουρίζει. "Πάρτε ένα δωμάτιο, γαμιόληδες". Κουνώντας το κεφάλι του, γυρνάει πρόσωπο με πρόσωπο με έναν από αυτούς, κοιτάζοντάς τον επίμονα. "Παράξενα πραγματάκια, έτσι δεν είναι;" Το σκουντάει, και το κόκκινο γεμίζει το χώρο. "Τι στο διάολο;" Σκύβει πιο κοντά.

Το στόμα ανοίγει διάπλατα και βγάζει ένα τσιριχτό, αδυσώπητο ουρλιαχτό.

Ο Τάιλερ παραπαίει και πέφτει πάνω στην Ντορίν και την Μπουρμπουλήθρα. "Γαμώτο!" Τριγυρνώντας και τραντάζοντας τον εαυτό του μακριά τους, προσκρούει στον τοίχο με ένα δυνατό fwap.

Όλοι τον κοιτάζουν επίμονα.

Ο Τάιλερ ανασηκώνει τους ώμους του, τραβώντας το πέτο του σμόκιν του, και τους κουνάει το κεφάλι. "Τι στο διάολο κοιτάτε όλοι σας;" Ρουφώντας τα δόντια του, κουνάει περισσότερο το κεφάλι του, στρέφοντας το βλέμμα του στο πάτωμα.

Μια φωτιά ξεσπά στο τέλος του διαδρόμου, τραβώντας την προσοχή όλων. Η φλόγα ανεβαίνει όλο και ψηλότερα προς το ταβάνι.

Ο διάδρομος φαίνεται να επεκτείνεται περισσότερο απ' ό,τι αρχικά νομίζαμε με το νέο φως.

Καταπίνοντας με δυσκολία, ο Cory ρίχνει μια ματιά στους άλλους, ενώ κρατάει τη Μέριεν. "Υπάρχει μια πινακίδα εξόδου ακριβώς μετά από εκείνο το λάκκο φωτιάς. Ξέρω ότι οι κανόνες έλεγαν ότι αν φύγουμε χάνουμε, αλλά νομίζω ότι είναι ασφαλές να πούμε ότι αυτοί οι κανόνες ήταν μαλακίες και ότι αν μείνουμε θα πεθάνουμε. Οπότε, λέω να κατευθυνθούμε προς την έξοδο και να κάνουμε ό,τι μπορούμε για να βρούμε τον αυτοκινητόδρομο από τον οποίο ήρθαμε". Κλειδώνει τα μάτια με τον καθένα από αυτούς, γνέφοντας. "Σύμφωνοι;" Τους βλέπει όλους να γνέφουν, και γέρνει τη Μέριεν μακριά από τον ώμο του, κρατώντας το χέρι του γύρω από τη μέση της, και προχωρούν όλοι μπροστά.

Καθώς κατευθύνονται προς τον λάκκο της φωτιάς, τα βογγητά, οι οδυρμοί και τα κλάματα εντείνονται, σε σημείο που οι περισσότεροι από αυτούς καλύπτουν τα αυτιά τους.

Ο Χιου και η Ντορίν επιβραδύνουν το ρυθμό τους, με τα πόδια μακριά ο ένας από τον άλλον.

Η Τζέσι και η Ρόμπιν τους προσπερνούν για να συμβαδίσουν με τους άλλους, και η Ρόμπιν ρίχνει μια ματιά πάνω από τον ώμο της, πριν γυρίσει μπροστά.

Το ένα άτομο μετά το άλλο περνάει από τον Hugh και την Ντορίνε.

Βήμα-βήμα, επιβραδύνουν, και οι δύο μένουν πίσω.

Ο Κόρεϊ φωνάζει πάνω από τον ώμο του, αλλά τα πρόσωπα είναι τόσο δυνατά, που δεν μπορεί να ακούσει τη φωνή του. Αντ' αυτού, δείχνει μπροστά στην πινακίδα εξόδου και σκύβει το κεφάλι του προς τα δεξιά τους.

Μέσα στον καταιγιστικό θόρυβο, τα βήματα της Ντορίν και του Χιου πέφτουν σκληρά και αργά.

Ο Χιου παραπαίει, αρπάζεται από τον τοίχο και ακουμπάει τον ώμο του σε αυτόν.

Η Ντορίν σκοντάφτει στο πόδι της, γδέρνοντας τα νύχια της στον τοίχο, και πέφτει στα γόνατα, βάζοντας το χέρι στο στήθος της.

Κανείς δεν γυρίζει.

Και οι δύο παλεύουν να αναπνεύσουν, ανοίγοντας και κλείνοντας το στόμα τους, αλλά κανείς δεν παίρνει αέρα.

Πριν κανένας από τους δύο το καταλάβει, αρπάζονται, οι μύες τους δεν θέλουν να κινηθούν, τα στόματα κλείνουν σφιχτά και πέφτουν στο πάτωμα, με μεγάλα μάτια να κοιτάζουν ο ένας τον άλλον.

Η Μπαμπλς κρατάει τα αυτιά της, κοιτάζοντας προς την πόρτα πίσω τους, και μια λάμψη τραβάει το βλέμμα της. Σταματώντας στα ίχνη της, κοιτάζει το πάτωμα, βρίσκοντας τη λάμψη που προέρχεται από τα γυαλιά του Χιου που βρίσκονται λίγα μέτρα μακριά από το ακίνητο σώμα του. Τα μάτια της ανοίγουν, παίρνει βαθιές ανάσες, γυρίζει το βλέμμα της και κατασκοπεύει την Ντορίν. Βαθύτερες, ταχύτερες αναπνοές, και τότε βγάζει μια αιμοσταγή κραυγή που διαπερνά τον θόρυβο.

Όλοι σταματούν να κινούνται και γυρίζουν.

Οι θόρυβοι σταματούν, αλλά η κραυγή της Μπαμπλς παραμένει.

Οι κραυγές της Μέριεν, της Robin και της Μίκου αναμειγνύονται σε μια χορωδία υψηλών κραυγών καθώς όλοι έρχονται αντιμέτωποι με τα δύο σύνολα μπλε χειλιών, τα χλωμά πρόσωπα και τα έντονα κόκκινα μάτια με τα γυαλιά.

Ο Κόρι προχωράει από μπροστά προς τα πτώματα και ελέγχει τους σφυγμούς τους. Πέφτοντας στο κεφάλι της Ντορίν, σκουπίζει το πρόσωπό του, αφήνοντάς το να μείνει στο χέρι του με ένα φύσημα.

Η Μπαμπλς αναστενάζει στον ώμο της Μέριεν.

Η Μίκου στέκεται εκεί, κοιτάζοντας, και αιωρεί τα τρεμάμενα χέρια της μπροστά από το πρόσωπό της.

Η Ρόμπιν προσκολλάται στην Τζέσι, κοιτάζοντας τους πάντες.

Ο Τάιλερ δαγκώνει τη γροθιά του, κάνει έναν γρήγορο κύκλο και στη συνέχεια βάζει τα χέρια του στο πίσω μέρος του κεφαλιού του. "Γαμώτο!" Πετώντας τα χέρια του προς τα κάτω, κουνάει το κεφάλι του προς το πάτωμα.

Ο Μπλέικ κάθεται οκλαδόν, βυθίζοντας το πρόσωπό του στα δύο χέρια.

φωνάζει ο Κόρι, χτυπώντας τις γροθιές του στον τοίχο, κάνοντας τα κορίτσια να τσιρίζουν.

Εκείνη τη στιγμή, η φωτιά πέφτει, καλύπτοντας το δωμάτιο στο σκοτάδι.

Όλοι ουρλιάζουν, έχοντας πλήρη επίγνωση του νέου κινδύνου.

Οι θρήνοι επιστρέφουν.

Ένα στροβοσκοπικό φως αναβοσβήνει, κόβοντάς τους σε έντονο μπλε φως.

Τρέχουν.

Ο Κόρι κάνει ό,τι μπορεί για να φωνάξει πάνω από το θόρυβο, αλλά αυτός αποδεικνύεται πολύ μεγάλος. Βρίσκοντας όποιον μπορεί, τους μετακινεί πέρα από το λάκκο της φωτιάς. Φτάνοντας σε μια πόρτα, τους σπρώχνει όλους μέσα και αυτή κλείνει πίσω τους.

Όλοι τους πετάγονται, γυρνώντας προς το μέρος του.

Η Μίκου κοιτάζει γύρω της. "Πού είναι οι άλλοι;" Τα μάτια της διευρύνονται, οι αναπνοές της βιάζονται, η φωνή της ανεβαίνει δύο οκτάβες. "Πού στο διάολο είναι οι άλλοι;" Αρπάζει την πόρτα, τραβώντας και τραβώντας χωρίς αποτέλεσμα.

Ο Μπλέικ βαδίζει κατά μήκος του τοίχου, με τα χέρια στο κεφάλι του και τα μάτια του γουρλωμένα.

Παραδίδοντας τα όπλα, η Μίκου χτυπάει τα χέρια της στην πόρτα, κλαίγοντας με λυγμούς και γλιστράει στο πάτωμα.

Ο Κόρι την πλησιάζει, ακουμπάει το χέρι του στον ώμο της και αναστενάζει. "Δεν ξέρω. Έκανα ό,τι μπορούσα για να σας πείσω όλους να με ακολουθήσετε, αλλά ίσως βρουν μόνοι τους τον τρόπο να βγουν έξω". Ανασηκώνοντας τους ώμους του, αναστενάζει ξανά, σκουπίζοντας το πρόσωπό του.

Η ησυχία γεμίζει τα αυτιά τους καθώς ένα πράσινο φως πλημμυρίζει τον διάδρομο.

Ο ένας μετά τον άλλον, όλοι γυρίζουν μακριά από

την πόρτα, αντικρίζοντας μια δυσδιάκριτη λάμψη στην πιο απομακρυσμένη άκρη του διαδρόμου.

Ο Μέριεν αρπάζει το χέρι του Κόρι, κρατιέται σφιχτά από το μανίκι του και προσκολλάται πάνω του. "Τι είναι αυτό;" Η λαβή της σφίγγει, με τα νύχια της να σκάβουν στο δέρμα του μέσα από το ύφασμα.

Η Μίκου και ο Μπλέικ ενώνονται μαζί τους, κοιτάζοντας τη λάμψη και σφιγμένοι.

Ο Κόρι ξεφυσάει, στενεύει τα μάτια του και τεντώνει τις γροθιές του. "Δεν ξέρω, αλλά μείνε κοντά και κράτα τα μάτια σου ανοιχτά για οτιδήποτε". Χαϊδεύοντας το χέρι του Μέριεν, το σφίγγει και τους οδηγεί προς τα εμπρός.

Οι τέσσερις τους κινούνται σε μια δεμένη ομάδα προς τα εμπρός, κοιτάζοντας γύρω από το διάδρομο.

Ο Κόρι κοιτάζει από άκρη σε άκρη.

Δεν υπάρχουν πόρτες.

Τίποτα άλλο παρά μαύρο.

Γυρνώντας προς τα εμπρός, έρχεται πρόσωπο με πρόσωπο με τη λαμπερή φιγούρα, με ένα χαμόγελο να απλώνεται στο παραμορφωμένο πρόσωπό της. Σταματάει λίγο, σφίγγει το χέρι της Μέριεν που εξακολουθεί να κρατάει σφιχτά το δικέφαλό του, και εκείνη τσιρίζει.

Η λαμπερή φιγούρα τούς δείχνει το καπέλο του και μετά ανοίγει το στόμα του απάνθρωπα διάπλατα, βγάζοντας μια κραυγή αρκετά δυνατή για να ξυπνήσει τους νεκρούς, πριν τους ορμήσει με τα χέρια του απλωμένα.

Η Μέριεν βγάζει μια δική της κραυγή στο αυτί του Κόρι, στρέφει το πρόσωπό της στον ώμο του και στηρίζεται.

Η Μίκου και ο Μπλέικ προσκολλώνται η μία στην άλλη, κρατώντας την αναπνοή τους καθώς το φαινόμενο πλησιάζει.

ΚΕΦΆΛΑΙΟ ΈΝΤΕΚΑ

Σε έναν διαφορετικό διάδρομο, στην απέναντι πλευρά της φωτιάς, ο Τάιλερ χτυπάει μια κλειδωμένη πόρτα. "Γαμώτο! Η πόρτα είναι κλειδωμένη!" Γρυλίζοντας, την κλωτσάει μερικές φορές πριν περάσει τα δάχτυλά του από τα μαλλιά του και γυρίσει.

Η Ρόμπιν προσκολλάται στην Τζέσι, ρίχνοντας μια ματιά στον σκοτεινό χώρο. "Πού είμαστε;" Τα δάχτυλά της τυλίγονται στο πουκάμισό του, οι δύσκολες αναπνοές κάνουν το γιακά να τσαλακωθεί.

Η Μπρέντα τρίβει τα χέρια της, αγκαλιάζοντας τον εαυτό της. "Πού πήγαν οι άλλοι;" Συγκρατεί τους λυγμούς της, κοιτάζοντας το πάτωμα. "Τι θα τους συμβεί;" Ψιθυρίζει, στρέφοντας τα μάτια της προς τον Τάιλερ.

Ο Τάιλερ την πλησιάζει και την αγκαλιάζει. "Δεν μπορούμε να το σκεφτούμε αυτό τώρα, πρέπει να βρούμε έναν τρόπο να φύγουμε από εδώ". Χαϊδεύοντας την πλάτη της, την αφήνει να τυλίξει τα χέρια της γύρω του και τα γυρίζει από τη μία πλευρά στην άλλη.

Η Τζέσι κοιτάζει γύρω τους, εντοπίζοντας ένα φως που τρεμοπαίζει. "Έι, υπάρχει ένα φως εκεί κάτω". Κοιτάζει τον Τάιλερ. "Ίσως είναι κοντά στην έξοδο;" Εκείνος ανασηκώνει τους ώμους του και κοιτάζει τη Ρόμπιν.

Ο Τάιλερ γνέφει, αφήνοντας την Μπρέντα και στέκεται όρθιος. "Ναι, αλλιώς θα πεθάνουμε. Γάμα το." Γκρινιάζοντας, φτύνει στο πάτωμα.

Ο Τζέσι γουρλώνει τα μάτια του. "Όπως θέλεις." Κλειδώνει τα μάτια του με τη Ρόμπιν. "Θέλεις να πάμε να το ελέγξουμε;" Τρίβοντας την πλάτη της, περιμένει να απαντήσει.

Η Ρόμπιν ρίχνει το βλέμμα της στο πάτωμα, δαγκώνοντας το κάτω χείλος της, και στη συνέχεια γυρίζει προς το μέρος του. "Ναι, αν υπάρχει κάποια πιθανότητα να οδηγεί προς τα έξω, θέλω να το πάρω". Γνέφοντας, τους γυρίζει για να κινηθούν.

Ο Τζέσι κοιτάζει τον Τάιλερ πάνω από τον ώμο του, ανασηκώνοντάς του τους ώμους.

Ο Τάιλερ στέκεται όρθιος και τον κοιτάζει επίμονα.

Σφίγγοντας τα χείλη του, ο Τζέσι στρέφεται προς τα εμπρός, οδηγώντας τη Ρόμπιν προς το φως.

Ο Τάιλερ και η Μπρέντα παρακολουθούν τους δύο τους να μικραίνουν και να σκοτεινιάζουν όσο απομακρύνονται.

Μόλις φτάσουν στο φως, οι δυο τους μπαίνουν σε ένα δωμάτιο και εξαφανίζονται μετά το κατώφλι.

Η Μπρέντα εμφανίζεται στον Τάιλερ.

Ο Τάιλερ ξεφυσάει, περνώντας τη γλώσσα του κατά μήκος του στόματός του. "Τι;" Ξεφυσώντας ξανά, κοιτάζει το κατάμαυρο ταβάνι.

Η Μπρέντα ανοίγει το στόμα της, για να το κλείσει και στρέφει την προσοχή της στο φως.

Στενάζοντας, ο Τάιλερ τρίβει τα μάτια του, τσιμπάει τη μύτη του και την κοιτάζει. "Θέλεις να ακολουθήσεις. Γιατί;" Ανασηκώνοντας τους ώμους του, κουνάει το κεφάλι του, απλώνει τα χέρια του και τα αφήνει να χτυπήσουν τους μηρούς του.

Η Μπρέντα μασάει το κάτω χείλος της, ρίχνοντας

το βλέμμα της στο πάτωμα. "Λοιπόν, πρώτον, δεν ουρλιάζουν". Ρίχνοντας το βλέμμα της ξανά πάνω του, συνεχίζει να μασάει το χείλι της.

Κυλώντας περισσότερο τη γλώσσα του κατά μήκος του στόματός του, κρεμάει το κεφάλι του με ήττα. "Ωραία, αλλά αν πεθάνουμε..." Της δείχνει ένα δάχτυλο, κουνώντας το λίγο, και μετά το αφήνει στο πλάι του, κουνώντας το κεφάλι του.

Η Μπρέντα γνέφει, γυρνώντας προς τα εμπρός.

Παίρνοντας το χέρι της, ο Τάιλερ τους οδηγεί προς το φως.

Πλησιάζοντας, η πόρτα ανοίγει, αποκαλύπτοντας εκείνα τα παχιά και φαρδιά διαφανή πλαστικά πτερύγια που συναντά κανείς σε αποβάθρες φόρτωσης ή σε σφαγεία.

Το φως τρεμοπαίζει πίσω τους.

Ένα αμυδρό, κίτρινο φως.

Ο Τάιλερ βάζει ένα χέρι ανάμεσα σε δύο από τα πτερύγια, σπρώχνοντάς τα χώρια. "Ρόμπιν; Τζέσι; Έι, φίλε, πού είσαι;" Τραβώντας την Μπρέντα μαζί του, προχωράει πιο μέσα στο δωμάτιο.

Η φωνή του Ρομπέν έρχεται από μακριά. "Γυρίσαμε πίσω! Αυτό το δωμάτιο συνεχίζεται για αρκετή ώρα".

Ο Τάιλερ κόβει τα μάτια του στην Μπρέντα. "Θέλεις ακόμα να είσαι στο δωμάτιο με το φως;" Κουνώντας το κεφάλι του, της ρίχνει ένα φρύδι.

Η Μπρέντα του ρίχνει τα μάτια της, μαζεύει τα φρύδια της και ρίχνει μια ματιά τριγύρω.

Τα βρώμικα λευκά πλακάκια του μετρό φτάνουν μέχρι τη μέση του τοίχου και καταλήγουν σε ένα βρώμικο γαλαζοπράσινο χρώμα.

Κόκκινες και καφέ κηλίδες καλύπτουν το πάτωμα, που κατευθύνονται προς έναν αγωγό στη μέση του σκυροδέματος.

Ένα λαμπερό χρωματιστό τραπέζι με ένα μικρό μοτέρ και μανιβέλα βρίσκεται βιδωμένο στο πάτωμα σε απόσταση ενός μέτρου. Γυαλιστερές αγκράφες κρέμονται ανοιχτές σε κάθε γωνία.

Απέναντί του βρίσκεται ένα γυαλιστερό κουτί από διαφανές πλεξιγκλάς με μεταλλικό εσωτερικό τοίχωμα και ένα μικρό εξωτερικό μοτέρ συνδεδεμένο.

Οι δυο τους στέκονται εκεί, κοιτάζοντας. Κανείς από τους δύο δεν είναι πρόθυμος να κινηθεί, ειδικά όχι πρώτος.

Η φωνή της Τζέσι ήρθε από τη μικρή αψίδα στο πίσω μέρος του δωματίου. "Έι! Θα επιστρέψετε εδώ ή όχι;" Τα λόγια του κόβονται και ακολουθούν σύντομα γελάκια.

Ο Τάιλερ κοιτάζει την Μπρέντα, σηκώνει το φρύδι και ανασηκώνει τους ώμους του.

Η Μπρέντα μασάει το νύχι του αντίχειρά της, ρίχνει μια ματιά πίσω τους και ψιθυρίζει: "Μήπως πρέπει να βρούμε άλλη διέξοδο;". Γνέφοντας μερικές φορές, τον κοιτάζει με το νύχι της ακόμα ανάμεσα στα δόντια της.

Ο Τάιλερ χαμογελάει, γελώντας μέσα από τη μύτη του. "Επιτέλους, λες κάτι έξυπνο". Βάζοντας ένα χέρι γύρω της, τους γυρίζει να φύγουν.

Χωρίς προειδοποίηση, κίτρινα χέρια τυλίγονται γύρω από τους ώμους τους. Χέρια με μαύρα γάντια δένουν τα δάχτυλά τους στο στήθος τους.

Η Μπρέντα ουρλιάζει, γρατζουνώντας και αρπάζοντας τα χοντρά μαύρα γάντια.

Ο Τάιλερ κάνει ό,τι μπορεί για να παλέψει, σχεδόν καταφέρνει να πετάξει τη φιγούρα πάνω από τον ώμο του, αλλά χάνει τα πατήματά του στο γλιστερό κόκκινο που τον ακολουθεί. Πέφτοντας προς τα πίσω, τα χέρια τον τραβούν προς τα πίσω.

Πριν κανένας από τους δύο το καταλάβει, τους σπρώχνουν μέσα στις συσκευές.

———

Πίσω στην άλλη πλευρά του διαδρόμου, μια λευκή οπτασία ξεπροβάλλει μέσα από τον τοίχο στα αριστερά τους, απλώνει τα χέρια της και τους χτυπάει με νύχια.

Η Μίκου τσιρίζει, τραβώντας την προσοχή των άλλων, και όλοι αναπηδούν.

Η Μέριεν βγάζει άλλη μια κραυγή, αφήνει τον Κόρεϊ και ξεκινάει να τρέχει με τα στιλέτο της.

Η λευκή εμφάνιση περνάει μέσα από τους τρεις που παραμένουν ακίνητοι.

Η Μέριεν ρίχνει μια ματιά πάνω από τον ώμο της, βλέποντας το φάντασμα να εξαφανίζεται. Γυρνώντας, γλιστράει μέχρι να σταματήσει, καθώς το πράσινο περνάει μέσα της, και τότε η φτέρνα της σπάει, και πέφτει μπροστά στο κρύο σκληρό πλακάκι του δαπέδου. Το δέρμα της τρίζει καθώς την παρασύρει μέχρι να σταματήσει.

Οι άλλοι σπεύδουν κοντά της και ο Κόρεϊ γονατίζει, ακουμπώντας ένα χέρι στον ώμο της. "Είσαι καλά;" Τη βοηθάει να γυρίσει στο πλάι, ρίχνοντας μια ματιά στο σώμα της.

Η Μέριεν φυσάει τα μαλλιά της από το πρόσωπό της και τον κοιτάζει με βλοσυρό ύφος. "Μισώ τόσο πολύ αυτό το γαμημένο μέρος". Στηριζόμενη καλύτερα, φτάνει στον ώμο του, σφίγγοντας τα δάχτυλά της σφιχτά στο ύφασμα.

Ο Κόρεϊ καγχάζει, ρίχνοντας μια ματιά στους άλλους, και την αρπάζει από τα χέρια, βοηθώντας την να σηκωθεί με τρεμάμενα πόδια.

Η Μέριεν κουτσαίνει λίγο, χοροπηδώντας και πατώντας με το σπασμένο της παπούτσι. "Τα σκατά έσπασαν το παπούτσι μου!" Τεντώνοντας το χέρι της, το βγάζει, πετώντας το ζευγάρι προς την πόρτα.

Ξύνοντας τα γένια του, ο Κόρεϊ κρατάει ένα χέρι στο μικρό μέρος της πλάτης της, κόβει τα μάτια του στους άλλους δύο και μετά γυρίζει στο πάτωμα. "Πρέπει να συνεχίσουμε να περπατάμε. Να προσπαθήσουμε να βρούμε μια άλλη πόρτα". Κουνώντας τους το κεφάλι, κάνει ελιγμούς με τη Μέριεν και προχωρούν πιο πέρα στο διάδρομο.

Περισσότερες εμφανίσεις κινούνται μέσα στην αίθουσα. Δύο από αυτά χορεύουν μαζί με ρούχα της βικτοριανής εποχής. Ένα άλλο λευκό φάντασμα ορμά προς το μέρος τους από το πλάι.

Η Μέριεν τσιρίζει, σφίγγοντας το χέρι του Κόρι.

Χωρίς να το γνωρίζει, ο Κόρι πατάει ένα μικρό μαύρο κουμπί στο πάτωμα.

Ένα απαλό, αργό κλικ και κροτάλισμα γεμίζει το διάδρομο, αυξάνοντας την ταχύτητα και την ένταση.

Ένα βήμα.

Δύο βήματα.

Τρίτο βήμα, ένας εκκωφαντικός κρότος γεμίζει τον διάδρομο και οι τοίχοι σπρώχνονται μεταξύ τους.

Όλοι ουρλιάζουν.

Η αίθουσα στενεύει στο σημείο που όλοι είναι σε μονή γραμμή.

Ο Κόρι στέκεται στην κεφαλή της γραμμής, χτυπώντας και σπρώχνοντας τους τοίχους καθώς αυτοί επιβραδύνουν την προέλασή τους.

Η Μέριεν ουρλιάζει και κλαίει, χτυπώντας τους τοίχους, και τα γυμνά της πόδια χτυπούν το πάτωμα με κάθε ξέφρενο πάτημα.

Η Μίκου πέφτει στα γόνατα, με τα χέρια πάνω από το κεφάλι της, και κλαίει με λυγμούς ανάμεσα στους αγκώνες της.

Ο Μπλέικ κάνει ό,τι μπορεί για να σπρώξει τους τοίχους, ενώ τα παπούτσια του γλιστρούν στο γλιστερό πάτωμα.

Μερικά δυνατά κλικ και οι τοίχοι σταματούν να κινούνται.

Όλοι κοιτάζουν γύρω τους, γυρνώντας προς το ταβάνι και το πάτωμα, προτού αναδιπλωθούν ο ένας προς τον άλλον μέσα στον στενό χώρο που είναι γεμάτος ώμους.

Οι αναπνοές της Μέριεν επιταχύνονται καθώς απομακρύνεται από τον Κόρεϊ προς τη Μίκου. "Εγώ - δεν μπορώ... δεν μπορώ, να αναπνεύσω! Πρέπει να βγω έξω!" Τα λόγια της βγαίνουν βιαστικά. "Δεν μπορώ! Είναι πολύ μικρό! Δεν υπάρχει αρκετός χώρος!" Οι αναπνοές της γίνονται πιο γρήγορες, με τον τόνο να ανεβαίνει. "Πρέπει να βγω έξω! ΤΩΡΑ!" Σπρώχνοντας τη Μίκου, προσπαθεί να οργώσει πάνω τους προς την κλειδωμένη πόρτα.

Ο Κόρεϊ την πλησιάζει, αρπάζοντας τα δάχτυλά της. "Μέριεν, περίμενε! Αυτή η πόρτα είναι κλειδωμένη!" Αρπάζοντας και με τα δύο χέρια, της τραβάει το χέρι.

Εκείνη τη στιγμή, το πάτωμα βγαίνει από κάτω της.

Η Μέριεν στριγγλίζει, στρέφοντας το ελεύθερο χέρι της στον καρπό του Κόρεϊ.

Δευτερόλεπτα αργότερα, ένα άλλο κομμάτι του δαπέδου γλιστρά κάτω από τον Μπλέικ και αυτός πέφτει.

Η Μίκου τσιρίζει, βάζοντας τα χέρια της μπροστά από το στόμα της, καθώς το αίμα του ψεκάζεται πάνω της και στους τοίχους γύρω τους.

Ο ήχος των οστών του που τρίζουν ανάμεσα σε περιστρεφόμενα νύχια γεμίζει τον στενό διάδρομο, αναμειγνύεται με τις κραυγές του και το γουργουρητό καθώς οι λεπίδες φτάνουν στους πνεύμονές του, γεμίζοντάς τους με αίμα. Κόκκινο εκτοξεύεται από το στόμα του, χτυπώντας τον Μίκου στο πρόσωπο, και στάζει πάνω στο πηγούνι του με κάθε πνιγμό, μέχρι που χαμηλώνει και το κρανίο του συνθλίβεται.

Ένα μάτι πετάγεται έξω, αναπηδά πάνω στα νύχια πριν πέσει σε μια ρωγμή ανάμεσά τους καθώς κινούνται το ένα προς το άλλο.

ΚΕΦΆΛΑΙΟ ΔΏΔΕΚΑ

Οι κίτρινες φιγούρες εξαφανίζονται τόσο γρήγορα όσο ήρθαν.

Η Μπρέντα και ο Τάιλερ μένουν μόνοι τους, ουρλιάζοντας και φωνάζοντας και παλεύοντας ενάντια στον περιορισμό τους.

Οι κινητήρες που είναι συνδεδεμένοι με τις συσκευές ενεργοποιούνται. Σβούρες και βουητά γεμίζουν το δωμάτιο.

Η Μπέντα πιέζει τους καρπούς και τους αστραγάλους της στις σφιχτές μεταλλικές χειροπέδες, πιέζοντας το ύφασμα στο δέρμα της.

Οι χειροπέδες δεν κουνιούνται.

Ωστόσο, το τραπέζι μετακινείται.

Η Μπρέντα σκύβει το λαιμό της, ρίχνοντας μια ματιά γύρω από το μέταλλο. "Τι στο διάολο συμβαίνει; Κινείται αυτό το πράγμα;" Τσιρίζοντας, ρίχνει το κεφάλι της πίσω στο αστραφτερό ασημένιο, χτυπώντας το ξανά και ξανά καθώς προσπαθεί να απελευθερωθεί.

Ο Τάιλερ γρυλίζει και βογκάει, με το κεφάλι του να προεξέχει μέσα από το πάνω μέρος του κουτιού. "Είμαι λίγο πολύ απασχολημένος με τα δικά μου προβλήματα αυτή τη στιγμή". Ανοίγοντας τα μάτια του, ρίχνει μια ματιά προς το μέρος της. "Αλλά ναι, το τραπέζι απλώνεται από τη μέση". Παίρνει βαθιές και σκληρές αναπνοές, γρυλίζοντας καθώς σπρώχνει τα πόδια του στα τοιχώματα του κουτιού του. "Το δικό μου προσπαθεί να με πιέσει σε πολτό!" Κρατώντας την αναπνοή του, σπρώχνει ξανά καθώς το εσωτερικό τοίχωμα συνεχίζει την προέλασή του.

Το τραπέζι τεντώνεται περισσότερο, σταματώντας με ένα μεγάλο κενό μεταξύ των κομματιών, και οι χειροπέδες απομακρύνονται από αυτήν με τα δικά τους ξεχωριστά χέρια. Τραβάνε τις αρθρώσεις της, τραβώντας τα χέρια της πάνω από το κεφάλι της και τραβώντας τα πόδια της ανοιχτά.

Η Μπρέντα βγάζει ένα ουρλιαχτό προς το ταβάνι, με το σάλιο να τρέχει ανάμεσα στα δόντια και τα χείλη της, και μετά βγάζει έναν λυγμό. "Λυπάμαι, Τάιλερ! Λυπάμαι πολύ!" Αφήνοντας άλλη μια κραυγή, τα δάχτυλά της τινάζονται και ανοίγουν διάπλατα.

Τα χέρια συνεχίζουν να τραβούν τα άκρα της μακριά από το σώμα της. Το δέρμα της τεντώνεται. Αναπνοές ακανόνιστες. Κλαίει.

Ο Τάιλερ γρυλίζει, προσπαθώντας ακόμα να σπρώξει το εσωτερικό τοίχωμα του κουτιού, και τα λόγια του βγαίνουν με σφυρίγματα. "Μη... δεν φταις εσύ... Μπαμπλς...". Αφήνοντας γρήγορες αναπνοές, σπρώχνει και σπρώχνει ενάντια στη δύναμη του μηχανήματος.

Όσο σκληρά κι αν πιέζει, ο τοίχος προχωρά πάνω του, και τα γόνατα του Τάιλερ συναντούν το πάνω μέρος του πλεξιγκλάς. Ο τοίχος συνεχίζει να έρχεται, πιέζοντας τα δάχτυλα των ποδιών του προς τις κνήμες του. Οι μηροί του στρέφονται προς το στομάχι του. Τα χέρια του είναι καρφωμένα στα πλευρά του.

φωνάζει ο Τάιλερ.

Τα γόνατα πιέζουν προς τα πάνω το πλεξιγκλάς. Οι μηροί πιέζουν περισσότερο το στομάχι του.

Διάφραγμα.

Παϊδάκια.

Ένα σπάσιμο.

Ο Τάιλερ ουρλιάζει, αφήνοντας ένα κλαψούρισμα. "Γαμώτο! Οι αστράγαλοί μου μόλις έσπασαν! Μόλις είδα το αίμα να χύνεται. " Γέρνοντας το πρόσωπό του προς το ταβάνι, τα δάκρυά του τρέχουν στα αυτιά του, το κεφάλι του ελαφρώνει.

Ο τοίχος συνεχίζει να προχωράει, σπρώχνοντας τα πόδια του όλο και περισσότερο στις κνήμες του.

Η Μπρέντα ουρλιάζει ξανά.

Τα χέρια τραβούν τα άκρα της όλο και πιο έξω.

Τέσσερις κρότοι γεμίζουν τα αυτιά τους.

Η Μπρέντα ουρλιάζει για άλλη μια φορά, αφήνοντάς την να μετατραπεί σε λυγμούς. "Οι αρθρώσεις μου μόλις βγήκαν από τις υποδοχές τους!" Κλαίει κι άλλο, οι αναπνοές της είναι μανιώδεις και τα δάκρυά της ρέουν στα μαλλιά της.

Τα χέρια συνεχίζουν να τραβούν, τεντώνοντας το δέρμα της.

Η Μπρέντα κουνάει το φωτισμένο κεφάλι της πάνω από το τραπέζι, με το κίτρινο φως από πάνω να στροβιλίζει το δωμάτιο σε μια λάμψη. "Αυτό το πράγμα θα μου τραβήξει τα άκρα από το σώμα μου". Λυγίζοντας πιο δυνατά, πνίγεται από το ίδιο της το σάλιο.

Οι βραχίονες κάνουν κλικ μερικές φορές, ο κινητήρας ανεβάζει ταχύτητα.

Ο Τάιλερ κλαίει, ακούγοντας το γρήγορο ράγισμα του κουστουμιού της Μπρέντα να σκίζεται στις ραφές καθώς το ύφασμα τραβιέται μαζί της. Το κεφάλι του φωτίζεται περισσότερο, την παρακολουθεί μέσα από θολή όραση.

Ο τοίχος πιέζει περισσότερο τα πόδια του.

Δύο δυνατοί κρότοι.

Ο Τάιλερ ξεσπά σε μια κραυγή λυγμού. "Τα γόνατά μου μόλις έσπασαν". Καταπίνει με δυσκολία, και τα σάλια του φεύγουν από τα χείλη του με τις επόμενες λέξεις του. "Είμαι σίγουρος ότι τα καπάκια είναι μικρά κομμάτια τώρα". Αφήνοντας το κεφάλι του να πέσει μπροστά, κλαίει μέσα στο κουτί, με τα δάκρυα και τα σάλια να αναμειγνύονται στην κρύα σκληρή επιφάνεια.

Ο τοίχος συνεχίζει να τον πιέζει, πιέζοντας τους μηρούς του στα πλευρά του.

———

Η Μέριεν ουρλιάζει και τσιρίζει, γαντζωμένη στην ιδρωμένη παλάμη του Κόρι. Ρίχνοντας μια ματιά προς τα κάτω, συναντά τη θερμότητα ενός μεγάλου φούρνου.

Ο Κόρεϊ γρυλίζει, κάνοντας ό,τι μπορεί για να την τραβήξει με το γλιστερό του κράτημα, και ζορίζει τα λόγια του. "Μίκου, θα ήταν πολύ ωραίο αν μπορούσες να έρθεις να με βοηθήσεις". Το πρόσωπό του στρεβλώνεται καθώς καταφέρνει να κρατήσει το βάρος της.

Τα πόδια του Μέριεν αιωρούνται πάνω από την ανοιχτή φλόγα. Τα σηκώνει, κάνοντας ό,τι μπορεί για να τα απομακρύνει από την έντονη θερμότητα. Όσο περισσότερο κρέμονται, τόσο περισσότερο μαλακώνει το καυτό ροζ βερνίκι νυχιών της, που τρέχει πάνω στο ευαίσθητο δέρμα των άκρων των δαχτύλων των ποδιών της. Οι μαλακοί πάτοι των ποδιών της κοκκινίζουν, τσιμπάνε και καίνε. Τσιρίζει περισσότερο, κλωτσάει τα πόδια της και προσθέτει στο ήδη προβληματικό της βάρος.

Ο Κόρεϊ κάνει ό,τι μπορεί για να εξισορροπήσει το βάρος της με το μικρό γλίστρημα που έχει. "Μίκου!" Ρίχνει μια ματιά σε εκείνη που κοιτάζει τον μύλο μπροστά της. "Γαμώτο, Μίκου! Χρειάζομαι τη βοήθειά σου!" Τα πόδια του γλιστρούν και πέφτει λίγο μπροστά.

Η Μέριεν ουρλιάζει δυνατά, ενώ το χέρι της γλιστράει μια καλή ίντσα έξω από τη λαβή του.

Η δυσωδία της καμένης σάρκας της τους περιβάλλει.

Τα πόδια του έχουν φουσκάλες και είναι μαύρα τώρα, ο Μέριεν δεν τα κλωτσάει πια. Τα πόδια της είναι τα επόμενα, κοκκινισμένα και με φουσκάλες μέχρι τα γόνατά της.

Η Μίκου γυρίζει, με τα χέρια της να τρέμουν ακόμα, και γνέφει αρκετές φορές, κατευθυνόμενη προς το μέρος τους. Σε κατάσταση σοκ, φτάνει ένα δευτερόλεπτο πιο αργά.

Η λαβή του Κόρεϊ γλιστράει άλλη μια φορά και ελευθερώνεται από το βάρος της.

Η Μέριεν βγάζει μια αιμοσταγή κραυγή, πέφτοντας από μικρή απόσταση στις φλόγες κάτω. Τα μαλλιά της φλέγονται, το δέρμα της φουσκώνει και καρβουνιάζει, και απλώνει τα δάχτυλά της καπνίζοντας προς το μέρος τους. Οι κραυγές της πέφτουν στο κενό. Πέφτοντας ακίνητη, το βάρος των χεριών της τα κάνει να ραγίσουν και να καταρρεύσουν στο στήθος της.

Η Μίκου καταπνίγει ένα κλαψούρισμα, σφίγγει τα χέρια της στο στόμα της και όλη η αναπνοή διαφεύγει από τα πνευμόνια της.

Ο Κόρεϊ πέφτει προς τα πίσω, κοιτάζοντας την τρύπα που ανοίγει στο πάτωμα, και οι αναπνοές του βιάζονται. Στηρίζοντας τους αγκώνες του στα γόνατά του, διπλώνει το ένα χέρι πάνω στο άλλο, πιέζοντάς τα στο μέτωπό του, και κουνιέται μπρος-πίσω. Αφήνοντας μια κραυγή, σηκώνεται και χτυπάει τον τοίχο.

Η Μίκου αναπηδά από το ξέσπασμά του, αφήνει τα χέρια της στα πλευρά της και τον κοιτάζει επίμονα. Όλο της το σώμα τρέμει, μαζί του και οι χαλαρές τούφες των μαλλιών της.

Γυρνώντας γρήγορα, ο Κόρι την αρπάζει, την

τραβάει κοντά του και την κρατάει σφιχτά καθώς κλαίει στο στήθος του.

Οι τοίχοι υποχωρούν, τα πατώματα κλείνουν και οι κλειδωμένες πόρτες ανοίγουν.

Η Μίκου και ο Κόρι στρέφουν τα βλέμματά τους προς την πόρτα.

———

Η Μπρέντα κοιτάζει τα δεσμά της.

Τα όπλα έκαναν ένα τελευταίο κλικ.

Ο Τάιλερ και η Μπρέντα κοιτάζονται στα μάτια, με δάκρυα να τρέχουν στα πρόσωπά τους.

Την επόμενη στιγμή, τα χέρια προεξέχουν από το τραπέζι, τραβώντας τα άκρα της Μπρέντα από το σώμα της.

Και οι δύο ουρλιάζουν καθώς ένα κόκκινο σπρέι καλύπτει το δωμάτιο.

Καθώς το σώμα της στραγγίζει από αίμα, η Μπρέντα κοιτάζει τα κομμένα της άκρα, το κεφάλι της πέφτει πίσω στο τραπέζι και το κυλάει μπρος-πίσω.

Ο Τάιλερ κλαίει, βλέποντας το κόκκινο να αναβλύζει από πάνω της και να λιμνάζει κάτω από το τραπέζι.

Ο τοίχος τον πιέζει περισσότερο. Το κόκκινο γεμίζει το κουτί, διαποτίζοντας το σμόκιν του. Προσπαθεί να αναπνεύσει, εισπνέοντας και εκπνέοντας.

Σφιχτά.

Μουδιασμένος.

Η καρδιά του χτυπάει δυνατά, το κεφάλι του ελαφρύνει περισσότερο.

Ένα κλικ ακούγεται από το κουτί, ο κινητήρας ανεβάζει ταχύτητα.

Ο Τάιλερ βγάζει ένα τραχύ γέλιο, ξαπλώνει το κεφάλι του προς τα πίσω και κοιτάζει το ταβάνι.

Ένα τελευταίο κλικ.

Ο τοίχος σπάει τα πόδια του πάνω του. Συνθλίβοντας τους γοφούς του, σπάζοντας τα πλευρά του και τρυπώντας τους πνεύμονές του, πιέζει το σώμα του πλατιά πάνω στον πίσω τοίχο από πλεξιγκλάς μέσα σε μια ανάβλυση κόκκινου χρώματος.

Το κεφάλι του Τάιλερ γέρνει προς τα εμπρός. Από το στόμα του βγαίνει βαθύ κόκκινο. Και ένα ακατάσχετο γουργουρητό ξεφεύγει πριν το πηγούνι του χτυπήσει την επιφάνεια του κουτιού, με τα μάτια του να κοιτάζουν την Μπρέντα στο τραπέζι.

———

Στο διάδρομο, η Ρόμπιν και η Τζέσι τρέχουν προς τον Κόρεϊ και τη Μίκου, σταματούν καθώς πλησιάζουν και βάζουν τα χέρια τους στη μύτη τους, πνίγοντας τα γέλια.

Από ένστικτο, ο Κόρι τα απομακρύνει, βάζοντας τον Μίκου πίσω του. "Από πού ήρθατε εσείς οι δύο;" Τους κοιτάζει. "Και πού είναι οι άλλοι δύο;" Κάνει άλλο ένα βήμα πίσω, κρατώντας τα χέρια του στα χέρια της Μίκου.

Το κάτω χείλος και το πηγούνι της Ρομπέν τρέμουν καθώς δείχνει πίσω της. "Δεν ξέρω, αλλά ακούσαμε πολλές κραυγές. Περνούσαμε από τον ένα διάδρομο μετά τον άλλο. Δοκιμάζοντας τη μία πόρτα μετά την άλλη". Βγάζει έναν λυγμό. "Αυτό το μέρος είναι τόσο γαμημένα χάλια". Σκύβοντας πάνω στον Τζέσι, γαντζώνεται στο πουκάμισό του. "Θέλουμε μόνο να πάμε σπίτι". Αφήνοντας τον Τζέσι να τυλίξει τα χέρια του γύρω της, κλαίει στο στήθος του.

Η Τζέσι γυρίζει προς το μέρος τους, χαϊδεύοντας την πλάτη του Ρόμπιν. "Ήμασταν μαζί τους σε μια αίθουσα που έμοιαζε με σφαγείο, αλλά δεν ήρθαν ποτέ μαζί μας στο πίσω μέρος". Ανασηκώνει τους ώμους του, κουνώντας το κεφάλι του. "Συνεχίσαμε να περπατάμε. Δεν εμφανίστηκαν ποτέ". Ρίχνει μια ματιά στην κορυφή του κεφαλιού του Ρομπέν. "Τότε ακούσαμε τις κραυγές. Τόσες πολλές καταραμένες κραυγές". Στρέφοντας το βλέμμα του προς τα πάνω, αντικρίζει τον Κόρεϊ. "Τότε ήταν που αποφασίσαμε να δοκιμάσουμε κάθε πόρτα στην οποία φτάναμε, και αυτή ήταν ξεκλείδωτη". Γνέφοντας πίσω του, κρατάει τα μάτια του στον Κόρεϊ.

Ο Κόρι τον κοιτάζει, γνέφοντας μερικές φορές. "Χάσαμε και τον Μέριεν και τον Μπλέικ". Πιάνοντας το χέρι της Μίκου, γυρίζει εν μέρει προς το μέρος της. "Πρέπει να φύγουμε από εδώ, τώρα". Γνέφει πίσω του, προς την κατεύθυνση προς την οποία κατευθύνονταν όλοι πριν.

Η Τζέσι γνέφει, στρέφοντας αυτόν και τη Ρόμπιν προς το μέρος τους, και εκείνοι ακολουθούν από κοντά.

ΚΕΦΆΛΑΙΟ ΔΕΚΑΤΡΊΑ

Οι τέσσερις τους φτάνουν στο τέλος του διαδρόμου και φτάνουν σε μια πόρτα με την ένδειξη "σκάλες". '

Ο Κόρι γυρίζει προς αυτούς, γνέφοντας προς την πόρτα. "Πιστεύετε ότι αυτή θα μπορούσε να είναι μια διέξοδος;" Τεντώνοντας ένα φρύδι, κοιτάζει τη Μίκου που τρέμει στο χέρι του.

Η Τζέσι στρέφεται προς τη Ρόμπιν. "Εσύ τι λες;" Ανασηκώνοντας τους ώμους του, εκείνος σμίγει τα φρύδια του.

Η Ρομπέν μασάει το κάτω χείλος της, σκύβοντας το πρόσωπό της στο πάτωμα. "Θα μπορούσε να οδηγήσει στην οροφή". Ανασηκώνει τους ώμους της, κουνώντας λίγο το κεφάλι της. "Αν μπορέσουμε να ανέβουμε εκεί πάνω, ίσως μπορέσουμε να βρούμε τρόπο να κατέβουμε και να βγούμε". Γνέφοντας αρκετές φορές, ρίχνει μια ματιά από την Τζέσι στον Κόρεϊ.

Ο Κόρεϊ γνέφει μια φορά, κόβοντας για λίγο τα μάτια του και τρίβοντας το χέρι της Μίκου. "Εντάξει, η οροφή είναι." Γυρνώντας, σπρώχνει την πόρτα.

Ανοίγει με τρίξιμο και οι μεντεσέδες τσιρίζουν λίγο καθώς το βαρύ μέταλλο σταματάει στον τοίχο πίσω του. Μια σκοτεινή σκάλα τους υποδέχεται, που μυρίζει μούχλα και μούχλα.

Ο Κόρεϊ ρίχνει μια ματιά στην κορυφή του κεφαλιού της Μίκου, παίρνει μια ανάσα και οδηγεί τους τέσσερις προς τα πάνω.

Μία πτήση.

Δύο πτήσεις.

Τρία.

Μια άλλη πόρτα με την ένδειξη "οροφή. '

Αναστενάζοντας, ο Κόρι γυρίζει προς το μέρος τους, σηκώνοντας ένα φρύδι.

Η Τζέσι και η Ρόμπιν τσαλακώνουν τα πρόσωπά τους, σηκώνοντας τους ώμους.

Γυρνώντας μακριά, ο Κόρι φτάνει στην πόρτα.

Σπρώχνοντας την πόρτα, όλοι κοιτάζουν τους φεγγαρόφωτους βράχους που καλύπτουν την οροφή.

Εκείνη τη στιγμή, ένα μεγάλο χέρι τυλίγεται γύρω από το λαιμό του Κόρι.

Η Μίκου ουρλιάζει, πέφτοντας από τη λαβή του.

Η Τζέσι παλεύει να κρατήσει τον Κόρεϊ ακίνητο.

Μια βελόνα εμφανίζεται στη γωνία του ματιού του Κόρι. Κοιτάζει τη Μίκου σε αγωνία με τη Ρομπέν.

Ο Ρομπέν χαμογελά από αυτί σε αυτί, χώνει μια βελόνα στο λαιμό της Μίκου και κατεβάζει το έμβολο μιας σύριγγας μέχρι να αδειάσει. Τραβώντας τη βελόνα από τη σάρκα της Μίκου, την παρακολουθεί να σκοντάφτει μέσα από την πόρτα και να σκαρφαλώνει πάνω στα βράχια.

Ο Κόρι συνεχίζει να παλεύει, κάνοντας ό,τι μπορεί για να κρατηθεί μακριά από τη βελόνα. Αυτός και η Τζέσι παραπατούν και σκοντάφτουν μέσα από την πόρτα, τρίζοντας και μετατοπιζόμενοι πάνω στα βράχια.

Οι δύο τους γρυλίζουν και ανασηκώνονται.

Η Τζέσι καταφέρνει να βάλει τη βελόνα στο λαιμό του Κόρι, πιέζοντας προς τα κάτω το έμβολο.

Η Ρομπέν βγάζει ένα γέλιο καθώς ακολουθεί τη

Μίκου κατά μήκος της οροφής. "Νόμιζες ότι ήσουν τόσο ξεροκέφαλη και τέλεια. Νόμιζες ότι μπορούσες να ξεφύγεις με τα πάντα, έτσι δεν είναι;" Γελάει ξανά, φτύνοντας τις πέτρες. "Λοιπόν, δεν μπορούσες να ξεφύγεις από μένα, έτσι δεν είναι;" Παρακολουθεί τη Μίκου να ταλαντεύεται και να παραπατάει προς την άκρη της στέγης.

Ο Κόρεϊ αποκτά λίγη ορμή και πατάει στα πόδια του, αρπάζει το χέρι του Τζέσι και τον πετάει πάνω από τον ώμο του στην οροφή.

Οι βράχοι γλιστρούν και τρίζουν κάτω από το νέο και απροσδόκητο βάρος.

Ο Τζέσι πέφτει και κυλάει πάνω του για να σταματήσει σε απόσταση ενός μέτρου.

Αρπάζοντας τη σύριγγα, ο Κόρεϊ την τραβάει από το λαιμό του, πετώντας την στο έδαφος, και πατάει τα δάχτυλά του στη σάρκα του καθώς χτυπάει ένα πόδι πάνω στο πλαστικό, σπάζοντας και αλέθοντας το σε μικρές πέτρες. Γυρνώντας προς τα δεξιά του, βλέπει τη Μίκου να σκοντάφτει στα πόδια της κοντά στην άκρη της οροφής.

Η Ρομπέν περπατάει δίπλα της, κουνιέται και κουνιέται με ένα αρρωστημένο χαμόγελο στο πρόσωπό της.

Ο Κόρεϊ κινείται προς το μέρος τους, τα βήματά του είναι πιο βαριά από πριν, και η οροφή ταλαντεύεται λίγο. "Μίκου, όχι!" Ο λόγος του ακούγεται λίγο ακατάληπτος. «Θα πέσεις!» Κουνώντας το κεφάλι του, σφίγγει τα μάτια του και μετά τα ανοίγει φτερουγίζοντας, μουρμουρίζοντας. "Κακή ιδέα". Γυρνώντας να κοιτάξει πάνω από τον ώμο του, σταματά.

Η Τζέσι έφυγε.

Γαμώτο.

Από το πουθενά, μια δύναμη χτυπά τον Κόρι από το πλάι, ρίχνοντάς τον στο έδαφος.

Η Τζέσι κάθεται από πάνω του, τυλίγει και τα δύο

της χέρια γύρω από το λαιμό του Κόρι και πιέζει την τραχεία του.

Ο Ρομπέν τους γρυλίζει με ενθουσιασμό, γυρνώντας πίσω στη Μίκου που στέκεται στην άκρη.

Η Μίκου ταλαντεύεται και κοιτάζει το τίποτα. Κάνοντας ένα ακόμη βήμα, η μπότα της γλιστράει πάνω στο στόκο, ο αστράγαλος λυγίζει, και στρίβει. Τα μάτια της ανοίγουν, ανοίγει το στόμα της, αλλά δεν βγαίνει τίποτα καθώς σκύβει.

Ο Ρομπέν σπεύδει προς το μέρος της, σκύβει και παρακολουθεί την κάθοδο της Μίκου στο χαλίκι του δρόμου από κάτω.

Ένας δυνατός θόρυβος γεμίζει τη νύχτα.

Στη συνέχεια, σιωπή.

Η Ρόμπιν στρέφεται προς την Τζέσι για τον Κόρεϊ.

Το πρόσωπο του Κόρεϊ είναι κατακόκκινο, στα όρια της πορφύρας, και ένα ελαφρύ γουργουρητό βγαίνει από τα τσαλακωμένα χείλη του. Ανίκανος να σπάσει τη λαβή του Τζέσι ή να λυγίσει τα χέρια του, καταφέρνει να φτάσει τη θήκη του. Βγάζοντας το εξάσφαιρο περίστροφο Smith and Wesson από το δέρμα, σημαδεύει όσο καλύτερα μπορεί και πατάει τη σκανδάλη.

Ένας δυνατός κρότος γεμίζει τη νύχτα.

Η Ρόμπιν αναπηδά, καλύπτοντας το στόμα της καθώς μια τσιριχτή κραυγή ξεφεύγει.

Η λαβή της Τζέσι χαλαρώνει. Γέρνει προς τα πίσω, στρέφοντας την προσοχή του στον μεγάλο κόκκινο λεκέ στη μέση του στήθους του.

Ο Κόρεϊ παίρνει μια βαθιά και πνιγηρή ανάσα, σπρώχνοντας την Τζέσι στο πλάι. Γυρνώντας μακριά στα γόνατά του, αγκομαχάει και πνίγεται στα βράχια. Αναπνέοντας ασθμαίνοντας και φτύνοντας με σπάγκο από τα χείλη του, κόβει τα μάτια του στη Ρόμπιν.

Ο Τζέσι βάζει ένα χέρι στο στήθος του, φέρνοντας πίσω δάχτυλα με κόκκινες άκρες. "Με πυροβόλησες, γαμώτο". Θαυμάζει το αίμα στα δάχτυλά του.

Ο Κόρι κάνει ό,τι μπορεί για να σταθεί όρθιος, παλεύοντας ενάντια σε όποιο φάρμακο του έβαλαν στον οργανισμό του.

Ο Ρόμπιν σπεύδει στο πλευρό του Τζέσι, κρατώντας ένα τρεμάμενο χέρι πάνω από την πληγή του. "Όχι, μωρό μου, μωρό μου... Όχι... Σσσσσσσσσσ." Τον χαϊδεύει, με τα χείλη και το πηγούνι να τρέμουν ξανά.

Η Τζέσι βήχει, και το κόκκινο χρώμα την περιλούζει, καλύπτοντας το μισοπεθαμένο κοστούμι της γοργόνας. Γαργαλιζόμενος και πνιγμένος από το ίδιο του το αίμα, σύντομα γλιστράει στα γόνατα της Ρομπέν.

Ο Κόρι κάνει μερικά βήματα προς τα πίσω.

Το τρίξιμο των πετρών κάτω από τα πόδια του σπάει τη σιωπή, τραβώντας την προσοχή του Ρομπέν πάνω του.

Ένα ξαφνικό τίναγμα αδρεναλίνης χτυπάει τον Κόρι καθώς συνειδητοποιεί το λάθος του να κινηθεί.

Η Ρομπέν βρυχάται, σηκώνεται στα πόδια με τεράστια ταχύτητα και τον πλησιάζει, με τα δάχτυλα λυγισμένα για την επίθεση. Πριν εκείνος προλάβει να αντιδράσει, είναι πάνω του, αναγκάζοντάς τον να πέσει κάτω. Εκσφενδονίζοντας τις γροθιές της, κάνει ό,τι μπορεί για να τον γρατζουνίσει, να τον δαγκώσει ή να τον γρονθοκοπήσει.

Ο Κόρεϊ αφήνει το όπλο, σηκώνει τα χέρια του για να αμυνθεί και κάνει ό,τι μπορεί για να την αρπάξει. Δεν έχει νόημα. Τα χτυπήματα και οι ακανόνιστες κινήσεις της είναι πολύ απρόβλεπτες και δεν μπορεί να πιαστεί. Κρατώντας τα χέρια του ψηλά, ρίχνει μια ματιά στα δεξιά του.

Το κρύο ατσάλι του περίστροφου αστράφτει τόσο κοντά αλλά και τόσο μακριά.

Γυρνώντας προς το μέρος της, ο Κόρι καταφέρνει

να την πιάσει από τη μέση και να την σπρώξει από πάνω του. Σκαρφαλώνοντας, κινείται για το όπλο.

Η Ρομπέν πέφτει πάνω του, τραβώντας το παντελόνι και τα πόδια του.

Με τα δάχτυλα εκατοστά μακριά, ο Κόρεϊ απλώνει το χέρι του με όλες του τις δυνάμεις.

Η Ρόμπιν τραβάει το παντελόνι του, τραβώντας τον λίγο κοντά της.

Ρίχνοντας μια ματιά πίσω της, ο Κόρεϊ σφίγγει τα δόντια του, ορμάει και αρπάζει αρκετά από τη λαβή για να την τραβήξει προς το μέρος του. Πιάνοντας το σφιχτά, το περιστρέφει, σημαδεύει και πατάει τη σκανδάλη.

Το κεφάλι της Ρομπέν τραντάζεται προς τα πίσω, αίμα και μυαλά ξεχύνεται πάνω στις πέτρες, και το σώμα της εκσφενδονίζεται στην οροφή πίσω της.

Οι βράχοι κυλούν και σπάνε κάτω από το βάρος της, αλλά εκείνη δεν κουνιέται.

Ξεφυσώντας, ο Κόρι παθαίνει μια μικρή κρίση βήχα. Γυρνώντας προς τα πίσω, βήχει στις πέτρες, παίρνοντας βαθιές και τραχιές αναπνοές. Βρίσκοντας τα πατήματά του, στέκεται όρθιος και κοιτάζει τη σκηνή μπροστά του. Τοποθετεί στη θήκη του το όπλο του και κινείται προς την άκρη της οροφής. Σκύβοντας, κοιτάζει έξω στο χαλίκι του δρόμου, προσγειώνεται στη Μίκου και τραβάει το βλέμμα του μακριά.

Το σώμα απλωμένο.

Κόκκινο πιτσίλισε το χαλίκι.

Ο Κόρεϊ κάνει ό,τι μπορεί για να διώξει την εικόνα από το μυαλό του, αλλά δεν μπορεί να την εξαφανίσει. Ανοίγοντας τα μάτια του, την αγνοεί, σαρώνοντας την περιοχή για πιθανούς τρόπους να κατέβει. Περιπλανώμενος στο σύνολο της τεράστιας στέγης, βρίσκει μια παλιά έξοδο κινδύνου στο πίσω μέρος. Αφού σκαρφαλώσει στο έδαφος από κάτω, παίρνει το δρόμο του προς τα κάτω, σε κάτι που μοιάζει να είναι πραγματικός δρόμος.

Οι προβολείς λάμπουν από μακριά, προχωρώντας γρήγορα.

Ο Κόρι κινείται προς τις διπλές κίτρινες γραμμές, κουνώντας τα χέρια του πάνω από το κεφάλι του.

Το αυτοκίνητο σταματάει σε απόσταση ενός μέτρου από αυτόν.

Ο Κόρι τρέχει προς την πόρτα του οδηγού και χτυπάει το παράθυρο.

Η γυναίκα μέσα της το σπάει λίγο, με την παχιά νότια φωνή της να τρέμει. "Χρειάζεστε βοήθεια, κύριε;" Τον κοιτάζει, ρίχνοντας μια ματιά στη νύχτα μέσα από το παρμπρίζ της.

Η φωνή του Κόρεϊ είναι βραχνή και βγαίνει για πρώτη φορά από τότε που τον άγγιξε η Τζέσι. "Θέλω να δανειστώ το κινητό σου, έγινε ένα ατύχημα περίπου ένα μίλι πιο πάνω". Δείχνει ένα τρεμάμενο δάχτυλο πίσω του, καθαρίζοντας τον πονεμένο του λαιμό.

Η γυναίκα γνέφει, ψάχνει στην τσάντα της και βγάζει ένα τηλέφωνο με μεγάλα κουμπιά. "Ορίστε." Χωρίς να το ρισκάρει, το σφίγγει μέσα από τη χαραμάδα.

Παίρνοντάς το, ο Κόρεϊ γνέφει και ψιθυρίζει: "Ευχαριστώ". Πληκτρολογώντας εννέα, ένα, ένα, ένα, περιμένει καθώς το κουδούνισμα γεμίζει τα αυτιά του.

"911, ποιο είναι το επείγον περιστατικό σας;"

Ο Κόρεϊ παίρνει μια όσο πιο βαθιά ανάσα μπορεί να πάρει, με τη φωνή του να συνεργάζεται με ριπές. "Ναι, είμαι ο αστυνόμος Κόρεϊ Νας από το αστυνομικό τμήμα του Ρεντόντο Μπιτς της Καλιφόρνια. Αριθμός σήματος 987. Αναφέρω μια σειρά δολοφονιών και ζητώ ενισχύσεις". Κάνει μια παύση, ρίχνοντας μια ματιά στα μεγάλα μάτια της γυναίκας και στο στόμα που ανοίγει.

"Κύριε, ποια είναι η θέση σας αυτή τη στιγμή;"

Ο Κόρι κοιτάζει τη γυναίκα στα μάτια. "Ποιος δρόμος είναι αυτός;" Δείχνει την άσφαλτο.

Η γυναίκα ανοιγοκλείνει τα μάτια μερικές φορές, κουνώντας το κεφάλι της, και σφίγγει το τιμόνι. "Ω, ε, ε, ε, ε, ε, η εθνική οδός 322. Ανάμεσα στο Χέρενσμπουργκ και το Μιλ Κρικ".

Ο Κόρι λέει ένα ευχαριστώ, μετακινώντας το επιστόμιο προς τα πάνω. "Βρίσκομαι στον αυτοκινητόδρομο 322 μεταξύ Χέρενσμπουργκ και Μιλ Κρικ".

"Εντάξει, κύριε, η αστυνομία και ένα ασθενοφόρο είναι καθ' οδόν".

Στέκεται όρθιος, ο Κόρεϊ κοιτάζει το κενό ανάμεσα σε αυτόν και το δάσος στην άλλη πλευρά του αυτοκινητόδρομου. "Ποια είναι η εκτιμώμενη ώρα άφιξής σας;" Παίρνει μια αγκομαχητή ανάσα.

"Εκτιμώμενος χρόνος άφιξης είκοσι λεπτά. Είστε αρκετά μακριά, κύριε".

Ο Κόρι αναστενάζει, γνέφοντας. "Μάλιστα, κυρία μου, αυτό κάνω". Κοιτάζοντας γύρω του τίποτα συγκεκριμένο, κλείνει το τηλέφωνο και το σπρώχνει μέσα από το ραγισμένο παράθυρο. "Σας ευχαριστώ, κυρία μου". Κουνώντας μια φορά το κεφάλι, κοιτάζει ξανά γύρω του, αφήνοντας έναν αναστεναγμό, και σκουπίζει το στόμα του.

———

Mill Creek PD τρεις ημέρες αργότερα:

Ο Κόρεϊ κάθεται σε ένα δωμάτιο ανάκρισης που δεν διαφέρει και πολύ από εκείνο που μοιράστηκαν με τον Νέιθαν τόσες φορές στο παρελθόν.

Μόνο που αυτή τη φορά, κάθεται δεμένος με χειροπέδες στο τραπέζι.

Η πόρτα ανοίγει και μπαίνει ένας ηλικιωμένος

ασπρομάλλης αστυνομικός, που ξεκλειδώνει τις χειροπέδες. "Συγγνώμη για όλα αυτά, ξέρετε τη διαδικασία". Κάθεται απέναντι από το τραπέζι, αφήνοντας κάτω έναν φάκελο.

Ο Κόρι τρίβει τους καρπούς του, γέρνει το κεφάλι του και αφήνει ένα σκληρό γέλιο. "Ναι, ξέρω τη διαδικασία με τις λαβές του Σαββατοκύριακου, είμαι σίγουρος". Κουνώντας το κεφάλι του, κοιτάζει τον φάκελο.

Ο αστυνομικός το δείχνει, πιέζοντας το δάχτυλό του στο φάκελο χειρόγραφου. "Κάναμε μια μικρή έρευνα και δεν χρειάστηκε πολύς χρόνος ή προσπάθεια". Γέρνει προς τα πίσω, σταυρώνοντας τα χέρια του. "Λοιπόν, το κορίτσι που λες ότι λεγόταν Ρόμπιν είναι στην πραγματικότητα η Γουάντα Γουίλκινσον. Πήγαινε σε κάποιον δρα Γουέλτζερ για κοινωνικό άγχος και για την αδυναμία της να αντιμετωπίσει μια σωματική παραμόρφωση στο πρόσωπό της". Αναστενάζοντας, ανασηκώνει τους ώμους του, σηκώνοντας το χέρι του από το μπράτσο του. "Πήγαινε στο σχολείο με τα θύματα, ισχυριζόμενη στις συνεδρίες της ότι την εκφόβιζαν για το πρόσωπό της". Κοιτάζει το τραπέζι, σκουπίζοντας το στόμα του.

Ο Κόρι σκύβει μπροστά. "Και ο τύπος; Ο Τζέσι;" Το καλυμμένο από βινύλιο κάθισμά του τρίζει κάτω από το βάρος που μετακινείται.

Ο αστυνομικός τον κοιτάζει με τα μάτια του. "Άλλος ένας πρώην ασθενής του καλού γιατρού. Κάποιος που αντιμετωπίζεται για υπερβολικά βίαιες συμπεριφορές. Ένας που εξαπάτησε το σύστημα και του επιτράπηκε η είσοδος στο κοινό. Με τη βοήθειά του, τροποποίησε ένα παλιό λύκειο σε αυτό το σόου φρικιών και παρέσυρε αυτά τα κακόμοιρα παιδιά. " Γρυλίζει, βγάζοντας από το σακάκι του μια τσάντα αποδεικτικών στοιχείων που περιείχε ένα ψηφιακό μαγνητόφωνο. "Ο γιατρός της ήταν τόσο ταπεινωμένος από τις πράξεις της και της Τζέσι, που κούνησε το απόρρητο και μας έδωσε την ηχογράφηση της τελευταίας συνεδρίας της μαζί του. Νομίζω ότι αισθάνθηκε ένοχος και κάπως υπεύθυνος". Αφαιρεί το μαγνητόφωνο, πατώντας το play.

———

Το Μεγάλο Μήλο, 2016:
Ένα συγκρότημα γραφείων στο Μανχάταν:

Η Γουάντα σηκώνεται από τον γλιστερό μπορντό δερμάτινο καναπέ και ρίχνει μια ματιά στον άνδρα που κάθεται απέναντί της σε μια ασορτί πολυθρόνα. "Έπεσα πάνω στον Τάιλερ στο πεζοδρόμιο εδώ στο Μπρόντγουεϊ καθώς πήγαινα να πάρω μεσημεριανό. Γύρισε προς το μέρος μου με ένα χαμόγελο και μου ζήτησε συγγνώμη. Δεν με αναγνώρισε καν, ο κώλος. Είχα χρόνια να τον δω, και το γεγονός ότι δεν με θυμόταν αρκετά ώστε να με αναγνωρίσει με έφερε εδώ. Όλο το μαρτύριο από το σχολείο επέστρεψε μέσα σε ένα σμήνος αναμνήσεων, και έτσι ήρθα κατευθείαν σε εσάς, Δρ Γουέλτζερ". Τον κοιτάζει επίμονα από την άκρη του ματιού της.

Ο δρ Γουέλτζερ γνέφει, βάζοντας το κάτω μέρος του στυλό του στα σφιγμένα χείλη του, και την κοιτάζει μέσα από γυαλιά με χοντρό σκελετό. "Κατάλαβα, κατάλαβα. Ποιοι είναι οι μηχανισμοί αντιμετώπισής σου, Γουάντα; Τους θυμάσαι, έτσι δεν είναι; Ξέρω ότι έχει περάσει αρκετός καιρός από την τελευταία φορά που σε πυροδότησε". Ακουμπάει το στυλό στο πηγούνι του.

Η Γουάντα σηκώνεται σε καθιστή θέση, απέναντί του, και σμίγει τα φρύδια της. "Μηχανισμοί αντιμετώπισης; Σε βλέπω εδώ και τρία χρόνια, και νομίζεις ότι αυτά τα ηλίθια μάντρα και οι τεχνικές ηρεμίας δουλεύουν για μένα;" Το πρόσωπό της συσπάται καθώς κουνάει το κεφάλι της και τα λόγια της βγαίνουν γρήγορα και δυνατά. "Ο μόνος μηχανισμός αντιμετώπισης που έχω είναι το αυξανόμενο ταλέντο μου να καλύπτω το φρικτό μου εκ γενετής σημάδι". Χτενίζει τα ανοιχτά καστανόξανθα μαλλιά της από το πρόσωπό της, αποκαλύπτοντας ένα άψογο μακιγιάζ. "Ξοδεύω εκατοντάδες δολάρια το μήνα για να διατηρήσω αυτή την τελειότητα, κι όμως εξακολουθώ να βρίσκομαι σε έναν διαρκή φόβο μήπως βρεθεί". Χαμηλώνει τα μαλλιά της, χτυπώντας πυκνά βαμμένες βλεφαρίδες κάτω από τέλεια τοξωτά τραβηγμένα φρύδια.

Ο δρ Γουέλτζερ γνέφει ξανά, πιέζει τα δάχτυλά του και τα στρέφει όλα προς το μέρος της. "Εντάξει, μου φαίνεται ότι αντί να κρύβετε την ατέλεια, πρέπει να την αγκαλιάσετε. Να το αποκτήσετε. Είναι ένα κομμάτι του εαυτού σας και πρέπει να το αναδείξετε". Κάνει μια παύση, καθαρίζοντας το λαιμό του, και στρέφει το βλέμμα του στο πάτωμα. "Είναι αντιεπαγγελματικό εκ μέρους μου να το πω αυτό, αλλά πιστεύω ότι πρέπει να το ακούσεις και ότι μπορεί να σε βοηθήσει". Κλείνει τα μάτια μαζί της. "Στην πραγματικότητα είσαι πολύ όμορφη, παρά την ανασφάλειά σου". Χαμογελάει, ακουμπώντας τα χέρια του στα γόνατά του, και καθαρίζει ξανά το λαιμό του, ενώ κοιτάζει την άλλη πλευρά του δωματίου. "Ωστόσο, για να λύσετε το πρόβλημα της σκανδάλης σας, γιατί δεν κανονίζετε μια συνάντηση με την ομάδα; Ίσως τότε, μπορέσετε όλοι σας να ξεπεράσετε το παλιό δράμα του γυμνασίου και να γνωριστείτε πραγματικά μεταξύ σας. Ποιος ξέρει, ίσως είναι διαφορετικοί τώρα". Ανασηκώνει τους ώμους του, σταυρώνοντας τα πόδια του.

Τον κοιτάζει στα μάτια. "Ξέρεις, πραγματικά το έχω σκεφτεί αυτό. Θέλω να δω τι είδους ενήλικες αποδείχθηκαν". Του ρίχνει ένα αμήχανο χαμόγελο.

"Έχω μεγάλες ελπίδες ότι έχουν αλλάξει, αλλά ως επί το πλείστον νιώθω ότι εξακολουθούν να είναι τα ίδια μικρά σκατά που ήταν και παλιά". Μασάει το κάτω χείλος της, στρέφοντας τα μάτια της στο πάτωμα.

Ο άντρας ανασηκώνει τους ώμους του, τραβώντας τις άκρες των μανικιών του πουλόβερ του. "Προτείνω να κάνουμε ένα είδος συνάντησης. Κάντε τους να εύχονται να μην σας είχαν κοροϊδέψει ποτέ, αναγκάζοντάς τους να αντιμετωπίσουν κατάματα το ψεγάδι, και δείξτε τους ότι δεν επιτρέπετε πλέον να σας ελέγχει ο φόβος της ντροπής ή του χλευασμού. Δείξτε τους πόσο πολύ έχετε μεγαλώσει και πώς το ψεγάδι δεν σας έχει στερήσει τίποτα". Χαμογελάει, βάζοντας τα χέρια του πίσω από την πλάτη του.

Τα μάτια της Γουάντα διευρύνονται, τα χείλη της ανοίγουν λίγο και γνέφει με ένα ελαφρύ χαμόγελο. "Αναγκάστε τους να το δουν, πάρτε τους πίσω για όλα αυτά τα χρόνια βασανισμού". Το χαμόγελό της μεγαλώνει σε ένα πλατύ χαμόγελο. "Ναι." Το χαμόγελο κυριεύει το πρόσωπό της. "Αυτό θα κάνω. Σας ευχαριστώ, δρ Γουέλτζερ". Στέκεται όρθια, απλώνοντας το χέρι της.

Ο Δρ Γουέλτζερ σηκώνεται, ισιώνει το πουλόβερ του και καθαρίζει το λαιμό του. "Ξέρετε ότι σας προτείνω έναν καλά φωτισμένο και δημόσιο χώρο, σωστά; Δεν θέλω να κάνεις κάτι απερίσκεπτο". Τεντώνει ένα φρύδι, γέρνει το κεφάλι του προς το μέρος της, και την κοιτάζει επίμονα καθώς σφίγγει το χέρι της.

Η Γουάντα γνέφει αρκετές φορές. "Ω, ναι, καλά φωτισμένη, δημόσια, το 'πιασα". Κουνώντας του το χέρι όσες φορές έγνεψε, τον αφήνει, αρπάζει την τσάντα της και κατευθύνεται προς το αυτοκίνητό της.

———

Παραλία Ρεντόντο, Καλιφόρνια, τρεις εβδομάδες αργότερα:
RBPD:

Ο Κόρι κάθεται στο γραφείο του και κοιτάζει την οθόνη του υπολογιστή.

Ένας από τους υπαλλήλους πλησιάζει στο γραφείο του, αφήνοντας έναν φάκελο πάνω στο πληκτρολόγιό του. "Κάποιος παράξενος γέρος άφησε αυτό για σένα". Τεντώνοντας το φρύδι του, ανασηκώνει τους ώμους του, κουνώντας το κεφάλι του, και φεύγει.

Ο Κόρεϊ σμίγει τα φρύδια του, ισιώνει τις μεταλλικές καρτέλες και αναδιπλώνει την πτυχή. Βυθίζοντας τα δάχτυλά του μέσα, βγάζει μια λεπτή στοίβα χαρτιά.

Η σελίδα στην κορυφή έχει ένα απλό μήνυμα:

Για τον τυχερό νικητή της χρυσής μου πρόσκλησης, είστε πλέον ο ιδιοκτήτης ψυχής της περιουσίας, των υπαρχόντων και της χρηματικής μου αξίας. Όλα εξηγούνται εδώ μέσα στα συνημμένα έγγραφα.

Ψάχνοντας τις υπόλοιπες σελίδες, ο Κόρι βρίσκει το συμβόλαιο του σχολείου. Ένα συμβόλαιο για το σπίτι της. Μια διαθήκη. Και τραπεζικές πληροφορίες. Κοιτάζοντας στο κάτω μέρος του φακέλου, τον γυρίζει και βλέπει μια σειρά κλειδιά να πέφτουν στο γραφείο του. Γυρνώντας την ετικέτα που ήταν προσαρτημένη, διαβάζει τη μικρή γραφή.

"Θυρίδα ασφαλείας #678.

Ρίχνοντας μια ματιά στον περίβολο, ο Κόρι βάζει τα πάντα στη θέση τους.

Εκείνο το Σαββατοκύριακο, ο Κόρεϊ μαζεύει τα πράγματά του από το διαμέρισμά του, ξεκινώνταςγια μια νέα αρχή.

Αγαπητέ αναγνώστη,

Ελπίζουμε να σας άρεσε η ανάγνωση του *Death Invites in Gold*. Παρακαλούμε αφιερώστε λίγο χρόνο για να αφήσετε μια κριτική, ακόμη και αν είναι σύντομη. Η γνώμη σας είναι σημαντική για εμάς.

Με τους καλύτερους χαιρετισμούς,

Η Rachel Bross και η ομάδα του Επόμενου Κεφαλαίου

Προσκλήσεις Θανάτου Σε Χρυσό
ISBN: 978-4-82415-332-6
Χαρτόδετο χαρτί μαζικής αγοράς

Εκδόσεις
Next Chapter
2-5-6 SANNO
SANNO BRIDGE
143-0023 Ota-Ku, Tokyo
+818035793528

7 Οκτώβριος 2022